Maria Janitschek

Vom Weibe

Charakterzeichnungen

Maria Janitschek

Vom Weibe

Charakterzeichnungen

ISBN/EAN: 9783743654235

Hergestellt in Europa, USA, Kanada, Australien, Japan

Cover: Foto ©Andreas Hilbeck / pixelio.de

Weitere Bücher finden Sie auf **www.hansebooks.com**

Vom Weibe

Maria Janitschek

Vom Weibe

Charakterzeichnungen

Berlin
S. Fischer, Verlag
1896

Inhalt.

In der Knospe	1
Frau Bertha	17
Die Lehrerin	29
In Weiß	55
Scham	67
Sumpfgrün	77
Mili	93

In der Knospe

„Ich will dich in weiche Gewänder kleiden, und seidene Schuhe an deine Füße thun, ich will Schmuck um deinen jungen Hals legen, und für frische Blumen in bein Haar sorgen. Dein Gemach soll ganz mit Fellen und Teppichen belegt werden, und süße Speisen sollen deinen Gaumen letzen. Du sollst es königlich haben bis das Wunder dich findet. Dann will ich dankbar vor deine Füße sinken . . ."

Er brachte ihr Puppen, große und kleine, Puppen die gehen, Puppen die sprechen konnten, Puppen in seidnen und in bäuerlichen Kleidern. Und sie lächelte ein wenig, halb herablassend, halb geschmeichelt, ganz wie eine Prinzessin, und sagte: „Aber ich bin ja schon sechzehn." — „Das macht doch nichts," meinte er, denn er wollte, daß sie nicht aus dem Puppenspiel herauskam, bis sie — ihr eignes kleines Püppchen hatte. Er wollte sie heiraten. Zuvor sollte sie aber noch einen Sommer aufs Land, um sich zu kräftigen, und um stärker zu werden. Ihre Mutter sagte zu allen Dingen ja, denn sie war eine arme Frau, die es als ein großes Glück betrachtete, daß der reiche Mann ihr kleines Töchterchen in Gold fassen wollte.

Es zeigte sich wohl schon der Beginn einer Glatze bei ihm, aber seine Wangen waren frisch und rot, und seine Augen besaßen einen lachenden Glanz. Er hatte das Leben bis zur Neige genossen, und viele Frauen kennen gelernt. Eines Tages hatte er mit der Entdeckung seiner Platte zugleich, den brennenden Wunsch verspürt, ein Kind, sich in verjüngter Form, zu besitzen. Nun war er aber durch seine Erfahrungen sehr mißtrauisch geworden, und kein Weib dünkte ihm rein genug, sein Kind zur Welt zu bringen.

Um schöne Frauen zum Scherzen zu finden, wäre er keinen Augenblick ratlos gewesen, aber eine Mutter seines Sohnes zu entdecken, schien ihm sehr schwierig. Denn wer konnte ihm dafür garantieren, daß er der Erste bei einem Weibe war. Sonst lag ihm nichts an dem, aber in diesem Falle .... Und er ging umher und musterte mit kritischen Blicken die Töchter der angesehensten Familien. Die Leute wunderten sich, wie er so lange wählen konnte, und sagten: Dem Veit Kolmann ist keine recht, paßt auf, der fällt einmal gründlich hinein. Da hatte er bei einem Maiausflug, den einige Familien gemeinschaftlich machten, die junge Sidonie Baumgartner kennen gelernt. Sie schien nur zwei Worte in ihrem Wörterschatz zu haben: ja und nein. Sie trug ein Kleid aus feinem Stoffe, das aber schon etwas abgetragen war. Hingegen war ihr Gesicht so frisch und lenzlich, ihr häufiges Erröten so jung und entzückend, daß Kolmann, der Mißtrauische, sich sagte: Hier ist die echte unangebrochne Natur, die oder keine. Sie hatte bis vor wenig Monden kurze Kleider getragen, und mit der Puppe gespielt, er mußte sich noch etwas gedulden mit seinem Heiratsplan.

Aber sie sollte um Gotteswillen sich nicht verändern in dieser kurzen Wartezeit, viel in Gesellschaften gehen, und eine Weltdame werden. Denn dann war er ja wieder nicht sicher, was eines Tages unmerklich hinter seinem Rücken geschah. Deshalb schenkte er ihr Puppen, und beaufsichtigte sie argwöhnisch. Aber eines Tages kam es doch. Beim helllichten Tag kam es stolz und protzig, und gar nicht versteckt, durch ihre Thüre herein.

Sie saß in einem Sessel am Fenster und arbeitete an einer kleinen Stickerei. Manchmal entglitt die Nadel ihren Fingern, und sie lehnte sich ein paar Minuten zurück und träumte vor sich hin. Ihre himmelblauen, großen, etwas harten Augen sahen dann sinnend die Straße hinab. Mama war gegangen zum Mittagsbrod einzukaufen. Sidonie leckte sich begehrlich das rote Mäulchen. Es gab heute geräucherten Aal und Kartoffelsalat, ihre Lieblingsspeise.

Plötzlich röteten sich ihre kleinen Ohren heiß. Sie bog sich vom Fenster zurück, sah einen Augenblick ratlos in ihren Schoß, und trat, die Stickerei weglegend, in den Hintergrund des Zimmers, dann vor den Spiegel.

Herr du mein Gott! Das Haar wollte heute wieder gar nicht sitzen. Sie zog die Nadeln heraus, um es von neuem zu stecken. Seit die Mili Koch gesagt hatte, daß nur dumme Leute sehr viele Haare haben — Mili galt für wirklich sehr klug — ärgerte sich Sibonie über ihr üppiges Blondhaar. Sollte wirklich das Gehirn diese Fülle büßen müssen? Eben als sie die dicken gelben Strähne etwas unwirsch hinauf gesteckt hat, klopft es.

Sie stürzt zur Thür, da steht er aber auch schon in ihrem Rahmen. Sie faltet erschreckt die Hände über der Brust. Sagen kann sie gar nichts. Er streicht sich die schwarzen Locken aus der Stirne. (Sie riechen noch nach dem Eisen des Friseurs.)

„Fräulein Sibonie, meine Schwester läßt Sie grüßen."

„O — danke."

Sie sehen einander an.

„Fräulein Sibonie, wie geht es Ihrer Mama?"

„O — danke, sie kommt gleich, sie ist blos einkaufen gegangen."

Er nickt. Das weiß er, sonst wäre er ja jetzt nicht hier.

„Sie saßen vorhin beim Fenster."

„Ja, ich saß beim Fenster."

„Bitte, setzen Sie sich doch wieder hin."

Sie geht langsam auf ihren vorigen Platz zurück. Gegenüber ihrem Sessel, am Nähtisch, steht noch ein zweiter. Dorthin läßt er sich nieder.

„Sie erlauben doch —" dabei sitzt er schon.

„Sticken Sie, bitte nur weiter."

„Ich — kann jetzt nicht."

Sie ist ganz rot, und ihre Stimme ist leise. Plötzlich springt er auf, greift mit zwei Fingern an ihre Schulter, faßt etwas, und läßt es in seine rasch herausgerissene Brieftasche verschwinden.

„Was — war es? O ich bin so erschrocken."

„Ein Marienkäferchen, ich sammle — Käfer."

„So," sagt sie arglos.

Sie hat nichts gemerkt, denkt er, die Brieftasche mit dem langen goldenen Haar stürmisch an seine Brust pressend.

„Fräulein Sidonie!"

„Ja?"

„Wie geht es Ihnen eigentlich?"

„O — recht gut. Wir gehen übermorgen aufs Land."

„Sind Sie schon — verlobt?"

„Nein, noch nicht ganz. Er will erst zum Herbst die Karten drucken lassen."

„Und — dann, wissen Sie, was dann geschieht?"

„Ja, dann heiraten wir Ausgangs Winters."

Wenn sie gesagt hätte, dann gehen wir Stickseide kaufen, oder: Dann laß ich mir einen neuen Hut anfertigen, hätte es nicht gleichgültiger sein können.

„Aber ich leide es nicht, daß Sie diesen Menschen heiraten, ich leids nicht."

Mit einem Schritt ist er bei ihr, kniet vor ihr nieder, und ergreift ihre Hände.

„Sidonie!"

„Mein Gott, Mama Kolmann .... wenn man Sie sähe — nein das ist abscheulich."

Er hat einen Arm um sie geworfen und preßt sie glühend an sich. Seine Lippen vergraben sich in die ihren. Sie zappelt, er ist aber stärker als sie. Endlich schöpft er Atem.

„Und daß Du's nur weißt, ich leids nicht, daß der Dich kriegt. Im Frühling mach ich mein Abiturienten=Examen, dann brauchst Du Dich meiner nicht zu schämen. Ich kann sofort eine Stellung haben —"

„Lassen Sie mich doch —" sie will ihn wegschieben, er ruht aber wie ein Klotz vor ihr. „Sie wissen doch, daß ich heiraten muß, er wills, und Mama wills auch."

Mitten in seiner Erregung muß er auflachen.

„Du bist das süßeste Schaf — mußt heiraten, weil — er es will. Hahaha. Meinetwegen, heirat ihn — — später, aber mich liebe. Sieh, so wie ich, kann er Dich doch nicht lieben. Er ist schon so alt und kalt" — und der Student preßt seine jugendheißen Wangen an die ihren. Da knarrt draußen eine Thüre. Er rührt sich nicht.

„Meinetwegen solls die ganze Stadt erfahren. Sidonie, ich liebe Dich, ich muß Dich besitzen, ich bin ein armer Kerl, aber Du sollst sehen, gehst reicher aus meinen Armen, als aus seinem prunkendem Haus. Wirst Dich leise zu mir stehlen müssen in mein hochgelegenes Stübchen, der Pfarrer wird Dich verdammen, und die Mädchen werden Dir auf der Straße ausweichen, aber ich sag Dir, blosfüßig wirst Du zu mir kommen und mich bitten um mich." Und wieder umschlingt er sie, und bedeckt ihr Gesicht mit wahnsinnigen Küssen. "Deine ersten Blüten mir, den Rest ihm, wenns schon sein muß.... Am ersten September abends steh ich vor Deinem Haus, und hol Dich ab. Du sagst einfach, Du hast Dich mit Lina verabredet. Vergiß nicht, daß ich Dich hole...."

Er stürzt hinaus.

Da kommt die Mutter mit verwunderten Augen herein.

"War der Hans da?"

"Ja, eben."

"Ich ging mit den Einkäufen nach der Küche, da war mirs plötzlich, als hörte ich Jemand hier reden. Was wollte er denn?"

"O — ich weiß nicht. Er fragte wies Dir ging."

"So, so. Na, ich hab einen feisten Aal gekauft, das giebt ein feines Essen."

Sie geht nach der Küche, Sidonie auf ihren vorigen Platz am Fenster zurück. Ihr Gesicht ist heiß. Sie nimmt die Stickerei zur Hand, kann aber nicht arbeiten. Hans Röhrer, Hans Röhrer. Nein so etwas! Und vor ihren Augen sieht sie unverwandt seine junge kraftvolle Gestalt mit dem hübschen Gesichte, und den blitzenden Augen. Er ist schöner als Veit. Aber Veit ist klüger. Veit beißt sie nicht, wenn er küßt. Auch verwirrt er ihr nicht so das Haar dabei. Sie sinnt. Veit wird wohl auch besser sein, denn er will sie heiraten, der Andere nur küssen, nicht heiraten. Oder will er es auch? Und sie hat ihn nur mißverstanden? Ob die Lina das von ihrem Bruder weiß? Ob man es Kolmann erzählen soll? Oder vielleicht nur der Mutter? Ja der, wahrscheinlich. Sie sitzt ruhig mit ihren großen, blauen Puppenaugen da, und überlegt. Welchen möchte sie eigentlich lieber heiraten? Veit ist so gut gegen sie, aber auch Hans meints gut, nur daß er arm, und der Andere reich ist.

Zwei kann sie aber doch wirklich nicht nehmen. Nein, wie der sie geküßt, und was der für Reden geführt hat! Von seinem Stübchen, und daß der Pfarrer sie hernach verachten würde. Wofür denn? Was würden sie denn oben bei ihm thun? Nein! — Ohne bestimmte Begriffe von etwas zu haben, legt sie das Gesicht in die Hände, und kichert. Etwas Warmes steigt ihren Rücken herauf. — So findet sie die Mutter, die hereinkommt, und ihr befiehlt zu decken.

„Was hast Du denn?"

„O — nichts."

„Du bist so rot."

„So?"

„Na hurtig, mach daß der Tisch in Ordnung kommt."

Sie erhebt sich träge.

„Du Mutter! . . .“

„Was denn?“

„O — nichts.“

Dann aßen sie, aber sie schwieg, und sagte nichts...

* * *

Als sie auf dem Lande waren, sagte sie auch nichts. Sie behielt es als Geheimnis für sich. Aber es war hübsch, diese Aussicht zu haben. Sie würde es schon dahin bringen, daß sie pünktlich am ersten September in der Stadt waren. —

Kolmann besuchte sie so oft als es seine Zeit erlaubte. Er sorgte dafür, daß sie gute alte Weine trank, und viel Fleisch aß. Sie blühte zusehens auf, und ihre überschlanke Mädchengestalt entwickelte sich von Tag zu Tag voller.

Wenn er nicht da war, die Mutter ging nicht gerne viel, trieb sie sich allein draußen umher. Manchmal bettelten sie Dorfkinder an, aber sie gab keinem etwas. Gleichgültig hieß sie sie gehen. In ihrer Brust war alles still und hart. Sie liebte nicht Vögel, noch konnte Musik sie weinen machen. Hingegen pflückte sie gerne Blumen, die sie dann wieder achtlos fortwarf. Sie ging hundert male an der alten Dorfkirche vorbei, ohne daß es ihr einfiel, einmal einzutreten.

Märchen las sie gerne, aber keins prägte sich ihr ein. Für Natur hatte sie gar keinen Sinn. Es gefiel ihr überall. Ihre einzige ausgesprochne Eigenschaft war: eine ungewöhnliche Sauberkeit. Nie war an ihren Kleidern ein Fleckchen zu sehen, nie war ihr Schuhwerk abgetreten, oder ihre Handschuhe zerrissen. Auf ihren Körper hielt sie sorgfältig. Sie badete täglich, und bürstete und seifte beständig an sich herum.

Einmal, als sie schon ausgezogen war, um ins Wasser zu steigen, fiel ihr ein, sich das Haar noch höher zu stecken; sie trat in die Badekabine zurück, und erblickte ihr Bild im Spiegel. Da war eins der seltnen male, daß sie weinte. Warum, wußte sie nicht. Sie stieg schnell ins Wasser, und suchte den Anblick zu vergessen. — Und die Tage gingen. Kolmann kam und brachte schöne Bonbonieren mit seidnen Schleifen, küßte brünstig mit genießender Andacht ihre jungen, heißen Lippen, und redete von der Zukunft. Und sie redete mit ihm, wie ein Kind von etwas ihm bevorstehenden Unbekannten. Sie freute sich auf die Reisen, die er ihr versprach, auf die schönen Kleider, auf all die Herrlichkeiten, die sie ihr eigen nennen würde. Nur dann und wann tauchte ein jugendungestümes, wildumlocktes Haupt vor ihr auf, und es flüsterte ihr zu: am ersten September abends werde ich vor Deinem Hause stehen, um Dich zu mir abzuholen. Der Pfarrer wird Dich verdammen, aber Du wirst doch kommen.

Und dann sah sie mit großen neugierigen Augen vor sich.... Sie kannte Hans noch nicht lange. Er hatte früher auf einem andern Gymnasium studiert, erst seit seines Vaters Tode war er hierher gekommen, um der Ersparnis wegen, mit Mutter und Schwester zusammen zu wohnen. Aber bald hatte es sich herausgestellt, daß er in den bescheidenen, ruhigen Haushalt der beiden Frauen nicht hineintaugte. Die Mutter kargte sich noch ein paar Groschen ab, um ihm ein Stübchen in ihrer Nähe zu mieten. Dort konnte er ungestört seinen wilden Launen gehorchen, und dann und wann, wenn ihm etwas nicht paßte, die Bücher auf den Boden schleudern, oder an unschuldigen Möbeln den Groll gegen seine Lehrer auslassen. Dieser wilde unbändige Bursche hatte sich in die blonde, stille Jungfrauenschönheit Sidoniens verliebt. Gerade das Puppenhafte, Verschlossene, er war noch nicht recht dahinter gekommen, Leere oder Tiefsinnige, reizte seine launenhafte Phantasie. Er wollte die kleine Ölgötzin toll machen, damit sie herabstieg, in ihrer jungen Lebendigkeit zu ihm, und ihn mit ihren weißen Armen umfing. Sie hatte es wohl längst gemerkt, daß er sie auf der Straße verfolgte, daß er sie mit brennenden Blicken ansah, wenn er sie manchmal bei der Schwester traf. Aber sie hatte nur ein kühles, halb verschämtes, halb blödes Lächeln für sein stummes Flehen. Ihr Herz ging deshalb nicht schneller. Erst seit jener letzten Szene war etwas Neues in ihr erwacht: eine brennende Neugierde. Auf Veit war sie gar nicht neugierig, über den grübelte sie nie. Er schien ihr nicht mehr als ein Vater zu sein, der sie verhätschelte.

Je näher der erste September heranrückte, um so lauschender, stiller, wurde es in ihr, um so mehr spielte sie innerlich Verstecken mit sich selbst. Sie wollte nicht daran denken, dachte aber beständig an den Abend. Sie malte sich aus, was sie für ein Kleid anziehen würde und daß sie sich die Haare ganz fest stecken wollte, damit er sie nicht so verwirrte, wie das letzte mal.

Sie malte sich aus, wie sie seine Fußtritte unten hören würde, und kicherte jetzt schon darüber. Was sie für eine Ausrede gebrauchen wollte, um vor der Mutter den Ausgang zu rechtfertigen. Es war jedenfalls sehr hübsch, ein Geheimnis mit sich herumzutragen, etwas von dem Niemand wußte. —

Acht Tage vor der geplanten Heimreise erkrankte die Mutter. Sidonie saß still an ihrem Bette. Wenn sie bis zu jenem Termin nicht genas, was dann? Oder gar, wenn sie — stürbe. Sie beobachtete das Befinden der Mutter mit kritischen Augen. Zum Glück besserte es sich bald, Dank der Kunst des tüchtigen Arztes, den Kolmann geschickt hatte. Draußen begann es indes zu herbsten. Sidonie fröstelte wenn sie das angegelbte Laub betrachtete, und doch wieder freute sich etwas in ihr. Sie sah einen Menschen vor sich auf den Knien liegen, vor sich! und sie erblickte sich selbst, wie sie den Kopf in den Nacken warf, und mitleidig auf ihn herabblickte, und ihre Neugierde verbarg. . . .

Und endlich war er da, der ersehnte, gefürchtete, erste September.

In der Frühe brachen sie auf, zur Mittagsstunde waren sie bereits daheim, und Sidonie zog die Bezüge von den Möbeln ab. Wie aber, wenn er des Termins vergessen hatte?

„Weshalb legst Du die Möbelbezüge unter Deine Bettdecke?" fragte die Mutter erstaunt.

„O... ja, ich weiß nicht." Sie war wirklich sehr zerstreut, wirklich.... Sie säuberten, staubten aus, lüfteten, und endlich gegen Abend hatten sie ihre kleine Wohnung in Ordnung gebracht. Sidonie wusch sich sauber, kleidete sich frisch an, und setzte sich in ihren Sessel ans Fenster. Die Mutter ging emsig hin und her, und behauptete, noch viel zu thun zu haben. Sidonie sah auf die Straße.

Es dunkelte.

Die Mutter brachte die Lampe herein, und stellte sie auf den Tisch vorm Sopha. Dann holte sie ihr Ausgabenbuch herbei, und fing an, zu rechnen. Plötzlich sagte Sidonie vom Fenster her:

„Mama, ich muß zu Luisen hinüber um ein Strähnchen Nähseide."

„Geh doch." Frau Baumgartner blickte nicht von den Seiten ihres Buches empor. Sidonie seufzte zitternd auf. Es war leichter gewesen, als sie sichs gedacht hatte. Sie wollte sich erheben, fühlte sich aber plötzlich schwach.

Ihre blauen Puppenaugen blickten ratlos in ihren Schoß. Dann sah sie spähend auf die Straße hinab. Drüben am Hausthor, im Dunkel kaum noch zu erkennen, lehnte er. Sie glaubte seine Augen voll Ungestüm herüber gerichtet zu sehen. Sie kicherte, und es war

ihr, als ob tausend Ameisen über ihrem Leib liefen.
Dann erhob sie sich, und trat mechanisch an den Schrank.
Was sollte sie aufsetzen? Den Sommer= oder Winterhut?
Sie grübelte. Indessen schritt er unten erregt auf und
nieder, wütend über ihre Säumnis, fürchtend, daß sie
ihn samt seinen Abschiedsworten vergessen habe, und
doch wieder voll verliebter Inbrunst an ihr Erscheinen
glaubend. Er malte sich die Szenen aus, wenn er sie
nur erst oben bei sich hatte. Sie, sie, sie. Sein Herz
schlug ihm bis zum Halse. Er war ein rücksichtsloser
Geselle, und durch das ewige sich bescheiden müssen,
das seine dürftigen Verhältnisse ihm geboten, bis aufs
äußerste ausgehungert.

Ahnungslos tändelte sie oben herum, nicht träumend,
daß sie sich vielleicht zu ihrem Untergang schmückte, daß
ihr junges reines Leben vielleicht in wenigen Stunden
von dem Ungestüm eines Knaben in Schmach und Schande
gezerrt war.

Noch einen Augenblick steht sie und besinnt sich,
schlüpft in ihr Jäckchen (sie hat sich für den Winterhut
entschieden), wirft einen Blick auf die alte Frau, haucht
leise: adieu, und geht.

Auf der Treppe ist's finster, sie tastet langsam hinab,
die Entfernung zwischen ihr und ihm wird geringer, sie
glaubt sich von tausend Händen ergriffen und vorwärts
geschoben, endlich ist sie unten, öffnet das Hausthor,
und — eine Hand legt sich auf ihre Schulter.

„Wohin noch so spät Sidi, allein, ohne Mutter,
was fällt Dir ein?"

Veits Gesicht beugt sich auf das ihre.

"Marsch hinauf, kleine Ausreißerin, ich lade mich heute Abend bei Euch zu Gaste. Ich hab Dich ja schon drei Tage nicht mehr gesehen."

Sie zieht das Mäulchen krumm, streckt den Kopf vor, und sieht Hans, mitten auf der Straße, wie entgeistert stehen.

Seufzend kehrt sie, von Veits Armen halb getragen, die Treppe hinauf zurück.

Sie ist gerettet und er hat seinem Sohn eine makellose Mutter erhalten.

Oben sagt er im Laufe des Abends: "Und ich hab' mir überlegt, wir wollen noch zur Weinlese Hochzeit halten. Die Sommersonne hat mein kleines Mädchen gereift. Nun gilt kein Zögern mehr."

Sidonie wird rot und blickt auf die Mutter. —

Frau Bertha

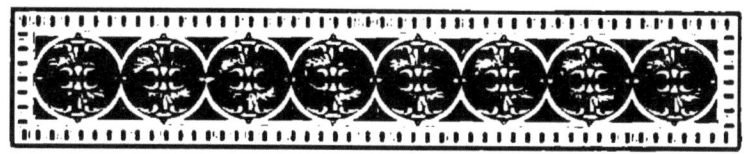

„Was haben Sie eigentlich gegen diesen rosa Foulard einzuwenden? Ich liebe diese weiche schmiegsame Seide —"

„Gegen die Seide bin ich ja auch nicht, gnädige Frau —"

„Gegen was sonst?"

„Ich meine nur . . . das Rosa kleidet gnädige Frau nicht. Die Farbe paßt mehr für junge Mädchen."

„Sie meinen wohl, ich sei eine alte Dame?"

„Aber gnädige Frau —"

„Ich finde das sehr — lächerlich von Ihnen, übrigens bin ich gewohnt, meine Schneiderinnen ohne eigne Meinung zu finden, und ganz nach meinem Willen —"

„Aber gewiß, gnädige Frau, ich meinte ja nur —"

„Also das rosa Foulardkleid wird auf die Weise angefertigt, wie ich vorhin angab: der Ausschnitt herzförmig, vorne etwas tiefer."

Die Schneiderin verbeugte sich. „Sie sollen zufrieden sein, gnädige Frau."

Frau von Stallen rauschte hinaus. Sie war eine schöne Frau. Von rückwärts gesehen konnte sie für dreißig gelten, en face für etwas mehr. Sie gehörte zu den Damen, die viele Ringe tragen und von Zeit zu Zeit Rechnungen für Dinge erhalten, die sie ängstlich vor ihren Männern verbergen. Das hätte Frau Bertha nicht nötig gehabt, denn ihr Mann, der Kammergerichtsrat, war ein Muster aller Diskretion.

In den Sommerfrischen, die sie besuchten, war er bekannt seines ängstlichen bescheidenen Auftretens wegen. An der Wirtstafel hob er kaum die Blicke von seinem Teller, und auf der Promenade unterhielt er sich nur flüsternd. Sie pflegte sehr laut zu reden, beharrlich zu spät bei Tisch zu erscheinen, und mehrere Kellner in atemloser Stimmung zu erhalten. Sie war eine jener Frauen, denen die Dienerschaft mit frecher Vertraulichkeit begegnet, wenn es Niemand sieht. Sie ärgerte sich nicht darüber, denn sie fühlte sich als geniales Weib. Man behauptete, in ihrer Jugend, in ihrer ersten Jugend, in ihrer allerersten Jugend wäre sie auf irgend einem Tingeltangel Chansonette gewesen. Aber selbst ältere Leute erinnerten sich nicht, Frau Bertha anders als in ihrer Würde als Gattin des Kammergerichtsrats erblickt zu haben. Also mußte die Geschichte erdichtet, oder — sehr lange her sein. Frau Bertha hatte zwei Kinder geboren. Eins starb dreijährig, das andere, ein hübsches kleines Mädchen, verheiratete sie mit sechzehn Jahren. Tochter und Schwiegersohn kreuzten nie ihren Weg. Sie liebte es nicht, daran erinnert zu werden, daß sie eine erwachsene, gar schon verheiratete Tochter besaß. Es giebt ein Wort, das die Frauen sehr gerne anwenden: Man ist so alt, als man aussieht. Die Frau Kammergerichtsrat bemühte sich eines recht jugendlich ungestümen Benehmens. Sie machte allen Sport mit und war lärmender als die jüngsten Mädchen.

Nur eins verriet in fataler Weise, daß sie doch die Zwanzig überschritten hatte: ihre Hofmacher standen im Zeichen des ersten Bartflaums.

Ältere Herren flohen sie, oder verzogen die Gesichter bei ihren naiven Gesprächen, bei denen sie die Lippen zu spitzen pflegte, wie ein Baby.

Sie hatte bereits mit ihrem Gatten die elegantesten Bade- und Kurorte Europas besucht. Der schweigsame, ernste Mann mit den ewig gesenkten Augen und der leisen Stimme führte sie geduldig hin, wohin sie wollte. Für diesen Sommer war Biarritz geplant. Das rosa Foulardkleid war nur der Beginn einer langen Serie Sommertoiletten.

Es kamen verschiedentliche Kistchen von Atkinson aus London, ein Koffer mit Hüten aus Paris, eine Auswahl Korsetts aus Wien. Lange Verhandlungen begannen mit Putzmacherinnen, Fußbekleidungskünstlern, und jenen interessanten Leuten, die zu keinem bestimmten Berufe gehören, sich aber tötlich beleidigt fühlen würden, wenn man ihnen das ins Gesicht sagte.

Da waren das Fräulein Masseuse, das gern als Medizinerin figurierte, und mit lateinischen Brocken um sich warf, da war der Hühneraugenschneider, der dem berühmten Professor O. auf der Klinik das Waschbecken halten durfte und sich als „Assistent" bezeichnete. Frau Bertha verkehrte mit diesen Leuten voll herablassender Vertraulichkeit, sie ließ sie fühlen, daß sie nicht mehr als Dienstboten waren, die man gut honorierte und hie und da durch ein freundliches Wort ermunterte, wie etwa ein Pferd, einen Hund, einen Papagei.

Sie hatte eine eigene Art, solchen Menschen Liebenswürdigkeiten zu sagen. Blinzelnde Augen, lächelnde Lippen, dabei die Stimme kalt und gleichgültig. Sie glichen dem Streicheln mit eisiger Hand.

Endlich konnte man reisen. Die Gnädige war sehr guter Laune. Man reiste bequem, mit mancherlei Unterbrechungen, um sich auszuruhen. Der Weg war ein weiter. Auf einer der Stationen, die sie machten, erkrankte ihr Gatte. Es war ein heftiges Fieber, über dessen nähere Natur man noch nichts Genaues sagen konnte. Sie geberdete sich so toll in ihrer verzweifelten Zärtlichkeit, daß der Arzt, um die Genesung des Kranken nicht zu verzögern, die allzubesorgte Gattin vorausreisen hieß. Nach lautem lärmendem Weigern befolgte sie endlich in Thränen zerfließend seine Weisung, und fuhr mit ihrer Zofe ab. (Ihr Mann sollte, sowie er sich nur ein bischen besser befand, nachkommen.)

Sie verstand die Kunst, wirkliche Thränen weinen zu können, wenn sie wollte.

In Biarritz hatte eben die Hochsaison ihren Anfang genommen. Die lange Tafel des feudalen Hotels Angleterre war mit glänzenden Frauengestalten besetzt. Unter den Herren befanden sich viele Notabilitäten, darunter auch der jüngste Sohn eines kleinen deutschen Fürstenhauses. Frau Bertha kam ihm gegenüber zu sitzen. Ihre aufgetakelte, durch hundertfältige Künste jugendlich erscheinen sollende Gestalt belustigte den Prinzen. Er kokettierte ein wenig mit ihr. Sie spielte die junge, unverstandene Frau. Ihre halben Andeutungen, schlecht unterdrückten Seufzer sagten mehr als ein offenes Geständnis. O diese Ehemänner! Kalt und gefühllos, brutal auf ihren Rechten bestehend, niemals sich daran erinnernd, daß das Weib auch eine Seele habe, eine Seele, die „höhere" Anforderungen stellt, die von idealer Liebe träumt, und unter der Herrschaft plumpen Begehrens langsam in ihren edelsten Regungen erstickt wird. —

Den Prinzen erheiterten diese Ergüsse der „verkannten" Frau. Am Abend pflegte er seinem Adjutanten, mit dem er sehr vertraut war, allerlei Glossen über die Gesellschaft zu machen.

„Haben Sie," sagte er lachend, „meine jüngste Eroberung schon bewundert? Ein prächtiges Weib! Und schlau, sag ich Ihnen. Sie hat sich in ihr falsches Gebiß Goldplomben machen lassen, damit man glaube, es seien echte Zähne."

„Schonen Hoheit die Arme," scherzte der Adjutant, „mit Frauen dieses Alters ist nicht zu spaßen, sie klammern sich krampfhaft an jedes Wort und nehmen es ernst."

„Sie glaubt wahrhaftig, was ich sage," bestätigte Prinz Georg. „Neulich beteuerte ich ihr, sie sähe aus, wie vierundzwanzigjährig und sie errötete vor Glück."

„Wie gehts Ihrem Gemahl?" fragte er sie eines Tages auf der Promenade.

„Er kommt nun bald," antwortete sie mit einem resignierten Seufzer. Der Prinz starrte auf die roten Löckchen über ihren rosig gefärbten Ohren.

„Wie konnten Sie so lange eine Ehe ertragen, welche Sie nicht zu befriedigen scheint?"

Sie verzog die Lippen zu einem schwachen Lächeln.

„Was sollte ich thun? Das Bewußtsein meiner Pflicht —"

„Haben Sie nie Kinder gehabt?"

„Doch, ein kleines Mädchen."

„Warum haben Sie es nicht hier?"

Sie stockt. Dann sagt sie, die blauen, durch feine Striche unter den Wimpern leuchtend gemachten Augen zu ihm erhebend:

„Soll ich das Kind auch noch zum Zeugen meines Unglücks machen?"

„Würden Sie die Kraft haben, heute noch diese Ehe zu lösen, um einem Manne, welcher Sie glühend anbetet, in ein — ungewisses Los zu folgen?"

Frau Bertha erbebt vom Scheitel bis zur Sohle. Dann sieht man durch die feine Lasur der Schminke ein bläuliches Rot sich brennend über ihr volles Gesicht ergießen.

„Ich glaube: ja," flüstert sie, das Haupt auf die Brust senkend.

Der Prinz schweigt, beugt sich über ihre Hand, haucht einen Kuß auf dieselbe, und ist mit einem mal von ihrer Seite verschwunden.

„Wie alt, glauben Sie, mag sie wohl sein?" fragte er an diesem Abend seinen Adjutanten.

„Das ist schwer zu beantworten, Hoheit. Sagen wir zwischen dreißig und sechzig."

„Soll ich mit ihr durchbrennen?"

Der Offizier wirft einen erschreckten Blick auf den Prinzen. Dieser bricht in ein herzliches Gelächter aus.

„Was meinen Sie, bis zu welchem Alter kann man einem weiblichen Wesen glaubhaft machen, daß man es anbetet?"

„Von seinem ersten Lebensjahr an bis zu seinem Tode, Hoheit."

„Haben Sie näheres über die Familienverhältnisse Frau von Stallens erfahren?"

„Sie soll einen sehr ehrenwerten, braven, aber durch sie unglücklichen Mann haben, eine verheiratete Tochter —"

„Sapristi, und mir sagte sie, aber nein —." Prinz Georg sah nachdenklich vor sich hin. „Wenn ich mich einmal verheiraten soll, mache ich meiner Frau zur Bedingung, daß sie die Kunst verstehen muß: in Anmut ihrer scheidenden Jugend Adieu zu sagen."

„Ich glaube, Hoheit, das ist die schwerste Kunst, die man vom Weibe fordern kann."

„Wie so?" meint der Prinz, „sie erfordert nur Geschmack. Es ist unglaublich plump von den Frauen, zu meinen, daß sie uns durch künstliche Mittel über den Verlust ihrer Jugend täuschen können."

„Hoheit haben vollkommen recht, besonders da wir außer den Augen noch andere unerbittlichere Sinne haben, die sich durchaus nicht belügen lassen von noch so dick aufgetragener Farbe."

Am andern Morgen reiste der Prinz mit seinem Adjutanten ab. Er hinterließ Frau von Stallen einige Zeilen des Abschieds und ein Sträußchen — Immergrün.

Die Lehrerin

Die alte Peppi setzt das Zehnpfennig=Sträußchen neben die Briefe, die ihr der Postbote gegeben hat, wirft noch einen Blick auf das zurecht gemachte Stübchen, und entfernt sich. Nach einer halben Stunde wird Elise heraus kommen, und sich über den Strauß und die Geburtstagsbriefe freuen. Sie ist pünktlich, wie es einer Lehrerin geziemt. Um acht Uhr beginnt die Schule, um halb acht pflegt sie ihre Schlafkammer zu verlassen, um sich ihr Frühstück zu bereiten. Heute an ihrem Geburtstage treibt sie die Erwartung früher aus dem Bette.

Gleich nachdem die Aufwärterin sich entfernt hat, tritt sie heraus und mustert die angekommenen Postsachen.

Sie durchfliegt die Gratulationskarten etlicher ihrer Schülerinnen, zündet das Spirituslämpchen unter ihrem Theekocher an und seufzt. Eine halbe Stunde später tritt sie in Hut und Mantel, eine glanzlederne Mappe unterm Arm, aus dem Hause. Auf ihrem Gesichte ruht ein Zug der Abspannung und Müde. Sie pflegte sich schon wochenlang vorher auf ihren Geburtstag zu freuen. Sie wußte eigentlich nicht, was sie von diesem Tag erwartete, und doch — aber so gings ihr all die Jahre her. Der heiß erwartete Tag kam, und er brachte ihr nichts anderes, als das niederdrückende Bewußtsein, wieder ein Jahr älter geworden zu sein. — Im Schulhofe begegnen ihr ein paar ihrer Schülerinnen und begrüßen sie. Sie nickt ihnen zu, das Sprechen fällt ihr schwer, etwas wie ein Knebel hält ihr die Kehle zu. Zerstreut erteilt sie ihre Unterrichtsstunde. Das Herableiern der hundertmal wiederholten Lehrphrasen erfüllt sie heute mit Ekel. Während sie ein kleines Mädchen das Wort „bauen" deklinieren läßt, denkt sie an das Unwahre der Behauptung, daß der Mensch sich an alles gewöhne. Nein, sie hat sich in all den langen Jahren noch immer nicht an dieses freudlose, elende Dasein gewöhnt. Sie wird sich auch nie daran gewöhnen, nie. Das Kind hat längst alle Zeitformen des aufgegebenen Wortes herabgeleiert, und noch immer sitzt Elise stumm, mit geistesabwesenden Augen da. „Fräulein Santer hat sich verschlafen," flüstern die Kleinen einander zu. Endlich giebt die Glocke das ersehnte Zeichen zum Schulschluß. Die Kinder eilen nach den Kleiderrechen. Ein Lärmen und Drängen. Unter dem Thore erwartet ein altes grauhaariges Mädchen Elise. Sie essen in demselben Speisehause.

Fräulein Haug ist die beste Seele der Welt, zufrieden, heiter, gefällig, beliebt bei ihren Kollegen und Schülerinnen. Elise ist ihr sehr gut, nur heute, heute will sie lieber allein bleiben. Die freundlichen Züge der Kollegin erfüllen sie mit Ungeduld. Sie verläßt durch eine andere Thüre das Schulgebäude. Sie hat überhaupt gar keine Lust zum Essen. Heute giebts Linsen mit Pökelfleisch in ihrer Restauration. Die Linsen sind schmackhaft bereitet, nur finden sich dann und wann kleine Steinchen unter ihnen. Es ist eben Wirtshaus= kost. Gleichgültige Hände bereiten sie. Und Elisens Mutter behauptete immer, man schmecke es jeder Speise an, ob sie mit oder ohne Liebe gekocht sei. Wenn die alte Frau noch lebte! Elise bringen Thränen in die Augen, während sie durch entlegne Gassen schreitet.

Sie preßt die Lippen zusammen. Mein Gott! Eigentlich darf sie sich nicht beklagen. Sie war schon zwanzig, als ihr die Mutter starb. Eltern pflegen ja immer vor ihren Kindern zu sterben. Ihren Vater hat sie mit sieben Jahren verloren.

Er war ein kleiner Beamter und starb an der Lungenschwindsucht. Es ist nicht zu leugnen, über der Familie Santer schwebt ein Unglücksstern. Keiner aus ihr hat Glück im Leben gehabt. Aber sie, sie hat nicht Lust, geduldig wie ihre Eltern sich ins Grab zu legen. Sie will etwas erleben, bevor sie aus der Welt geht. Irgend ein Glück, irgend etwas Lichtes. Während sie das denkt, reckt sich ihre Gestalt höher, und ihre Wangen werden rot. Einige Arbeiter kommen ihr entgegen, und starren sie an. Sie erschrickt und lächelt gleichzeitig. Etwas dehnt sich heiß in ihrer Brust. Sie schämt sich vor sich selbst, und beginnt zu laufen. Bald hat sie ihre Wohnung erreicht. Sie eilt über die drei Treppen, schließt die Thüre auf, schleudert die Schulmappe auf den Tisch und sinkt auf das Sopha. Ihr Gesicht vergräbt sich in ihre Hände. So unglücklich zu sein! So verlassen! So unbeachtet von der ganzen Welt! Und ist sie denn schlechter als alle die andern, die Erfolg in der Gesellschaft haben? Der Spiegel sagt ihr, daß ihre imposante hohe Gestalt mit den feinen Zügen und der reichen Fülle hellblonden Haares beinahe schön genannt zu werden verdient. Und ihr Ruf ist ein tabelloser, ihre Vergangenheit frei von jedem Makel.

Dieses letzte Bewußtsein richtet sie wieder für einen Moment auf. Ihre Mutter sagte immer: solange ein Mädchen seine Ehre rein erhalten hat, kann es sich nie ganz unglücklich fühlen. Das ist wahr, aber — warum hat sie, gerade sie konnte in der ganzen weiten Welt keinen Mann finden, der sie lieb gewann, und in sein Haus führte. Woran das wohl liegen mag? Freilich mit Männern geringer Stände hatte sie nie verkehrt, die existierten nicht für sie, und über ihr stehende waren ihr zwar immer liebenswürdig aber kalt entgegengekommen. Wahrscheinlich weil sie arm war. Einer hatte ihr einmal gesagt, sie wäre ein schönes, tabelloses Mädchen, besäße aber keinen Funken Temperaments. Was er damit wohl gemeint hatte? Temperament!

Woburch erhält man es? Wie wendet man es an? Was bedeutet es eigentlich? Er hatte damals zu ihren Fragen gelacht, und sie nicht beantwortet. Und sie war in ihrer kühlen blonden Keuschheit weiter gegangen. Heute war sie beinahe schon eine alte Jungfer. In etlichen Jahren darf sie überhaupt nicht mehr hoffen, einen Mann an sich zu fesseln. Dann ists vorbei. Dann ist alle Hoffnung vorbei. Ihr Leben wird bleiben was es ist: eine einsame öde Wüste. Mein Gott, wenn schon keinen Garten voll Rosen, so doch ein kleines Blümchen Glück! Nur nicht gar so freudlos, so entsetzlich leer, selbst an — — Erinnerung. —

Sie erhebt sich, tritt an die Kommode, und preßt ein Bild in verblaßtem Rahmen an die Lippen. „Verzeih mir Mutter, aber — ich kann nicht mehr . . . ."

Sie stellt das Bild wieder zurück, und geht etliche male erregt auf und nieder. Heute Nachmittag ist keine Schule. Sie vergißt, daß sie noch nicht zu Mittag gegessen, daß es schon zu dämmern beginnt, daß sie noch siebzig Schulhefte zu korrigieren hat. . . .

Später trat sie aus dem Hause. Um die Zeit hat sie noch nie das Haus verlassen. Und in ihren besten Kleidern. Um ihre Lippen lag ein seltsamer Zug, ein trotziger, herausfordernder, ganz neuer . . . . .

Sie nahm ihren Weg nach der belebtesten Straße der Stadt. —

„Also hier wohnen Sie? Etwas weit entfernt. Wohl eine sehr solide Gasse, wie?"

„Ich glaube: ja. Ich zog gleich nach meiner Mutter Tod hierher."

„Ist das schon lange?"

„Ja schon — lange," — sie wollte sagen: fünfzehn Jahre, besann sich aber. Wozu brauchte er zu wissen, wie alt sie war. Sie hatte schon vorhin erwähnt, daß sie mit zwanzig Jahren die Mutter verlor.

„Wohnen Sie bei einer Familie?"

„Nein, ganz allein."

„So?"

Seine Augen senkten sich forschend in die ihren. Sie errötete, und schlug die Wimpern nieder. Einen Augenblick stand er, anscheinend unschlüssig, dann zog er den Hut.

„Verzeihen Sie, gnädiges Fräulein, die Kühnheit, Sie angesprochen zu haben, man irrt sich zuweilen in den Personen. Leben Sie wohl."

Sie drängte die hervorquellenden Thränen zurück.

„Ich bin Ihnen nicht böse. Sie mußten ja — Romantisches von mir denken. Wenn man so einsam abends dahinschlendert! Aber ich versichere Ihnen, ich halts zuweilen — nein, es war heute zum ersten male," setzte sie in hervorbrechender Ehrlichkeit hinzu, „ich hielt es eben nicht aus vor Verlassenheit."

Der junge Mann schüttelte lächelnd den Kopf.

„Ich versteh Sie nicht, aber — ich möchte Sie nicht kompromittieren. Hier vor dem Hause läßt sich schlecht Konversation machen."

Sie zuckte leise zusammen. Ob sie ihn hinauf bitten sollte. Gleich nach der ersten Begegnung, — zu dieser Stunde! Nein, es ging doch nicht.

„Ich gehe morgen zur gleichen Zeit wie heute durch die Straße, in der Sie mich ansprachen, vielleicht ... begegne ich Ihnen, dann ....."

Sie wollte etwas hinzusetzen, stockte aber.

Er maß mit neugierigen, fragenden Blicken ihre Gestalt, ihr Gesicht. Sie sah in diesem Augenblick fast jung aus, ganz übergossen von Scham. Und der harte entschlossne Zug um ihren Mund reizte ihn am meisten.

„Ich werde Sie morgen sehen," sagte er, verbeugte sich, und verschwand im Dunkel.

„Sie sind mir ein Rätsel."

„Aber ich will Ihnen keins sein."

Sie hing an seinem Arm. Sie schlenderten durch die dunklen Straßen der Vorstadt.

„Sie sind so besorgt um meinen Ruf," spöttelte sie.

„Ich möchte nicht Ihre Stellung gefährden."

Sie preßte sich fester an ihn. Was lag ihr in diesem Moment an ihrer Stellung? Sie befand sich wie im Rausch.

Sie sah den ihr Begegnenden mit triumphierendem Lächeln ins Gesicht.

Wenn sie nur recht viele Menschen, Bekannte vor allem, getroffen hätte! Sie erschien sich wie ein Glückskind, wie eine Bevorzugte.

Ihre elende, demütigende Verlassenheit war versunken, ein Mann führte sie am Arm, ein hübscher, junger Mann. Er hatte sich Friedrich Bindter genannt, und ihr angedeutet, daß er in einem großen Bankhause beschäftigt sei. Aber es interessierte sie wenig, wie er hieß, wer er war. Er führte sie am Arme, er unterhielt sich mit ihr, er interessierte sich für sie. Nach und nach verschwand der harte Zug aus ihrem Gesichte, und die ganze verhärmte Liebessehnsucht ihrer Jahre brach aus ihren Zügen. Mit glückseliger Demut, einer mütterlich weichen Zärtlichkeit beantwortete sie alle seine Fragen, und ließ ihn tief in ihr Leben schauen.

Sie merkte nicht, daß ihre dankbare Art, ihre Weichheit, ihn unliebsam berührten, daß er, je hingebender sie zu ihm redete, umso kühler wurde. Der Zug um ihren Mund, der ihn angelockt, verschwand ganz. Vor ihrem Hause blieben sie stehen.

Das hübsche, brünette Gesicht ihres Begleiters beugte sich höflich zu ihr nieder.

„Tausend Dank, mein Fräulein, vielleicht —"

„Sie besuchen wohl noch eine Gesellschaft," sagte sie rasch.

„Nein, ich gehe geradewegs nach Hause."

„Wissen Sie — dann — könnten wir . . . wenn Sie wirklich nichts anderes vorhaben, bei mir oben noch ein Stündchen verplaudern. Wenns Ihnen recht ist, nämlich," setzte sie verlegen hinzu.

Er runzelte die Brauen. Aus allem was sie ihm erzählte, hatte er die Überzeugung gewonnen, hier ein unbescholtenes, naives, unbeholfen nach Glück tastendes Mädchen vor sich zu haben.

Und es ging ihm, wie es andern Männern mit ihr gegangen war. Aus einem gewissen Gefühl der Großmut heraus, des Mitleids mit ihrer Armut und Unbescholtenheit wollte er sich zurückziehen. Ein Begehren nach ihr empfand er nicht mehr, seit er sie näher kannte. Überhaupt setzte ihre entgegenkommende Art den Wert ihrer Persönlichkeit in seinen Augen herab. Man fühlt solchen Mädchen gegenüber Verpflichtungen, mindestens die der Dankbarkeit; man weiß auch nicht, wozu sie in ihrer Einfalt und Naivität im stande sind, wenn man eines Tages seine Straße weiterzieht. . . . .

Das war nicht, was der hübsche Schreiber aus dem bekannten Bankhause hinter ihr vermutet hatte.

„Es könnte böse Folgen für Sie haben, Fräulein, wenn ich Sie jetzt besuchte," sagte er.

„Überlassen Sie die Folgen mir." Er blickte sie verdutzt an. Ihre Augen leuchteten, die Adern an ihrem Halse hüpften unruhig auf und nieder.

„So lassen Sie uns gehen."

Er tastete die dunkle Treppe hinauf. Oben öffnete sie geschickt die Thüre, entzündete die kleine, grünbeschirmte Lampe, und hieß ihn Platz nehmen.

Sie setzte sich ihm gegenüber auf einen Stuhl. Er ließ seine Blicke durchs Zimmer schweifen. Überall zierliche, weiße, gehäkelte Schutzdeckchen, Fächer mit verblichnen Photographien, unmotiviert angebrachte Schleifen und Büschel vertrockneter Wiesenblumen, die sie wohl selbst gepflückt haben mochte. Das echte Alt-Jungfernstübchen, dachte er. Und dann sah er sie wieder an, mit ihrem glatten, reinen, blonden Gesichte, aus dem zwei weiche, demütige Augen ihn anblickten.

„Liebes Fräulein," sagte er, und reichte ihr die Hand über den Tisch hinüber. Sie drückte sie heftig. Wenn sie ihn auf den Knieen angefleht hätte, zärtlich gegen sie zu sein, er hätte es in dieser Umgebung, und ihr gegenüber nicht über sich gebracht.

„Möchten Sie vielleicht ein Glas Wasser," sagte sie nach einer verlegnen Pause.

Sie erinnerte sich, daß man höflicher Weise seinem Gaste etwas vorsetzen solle. Er ließ sich gutmütig ein Glas Wasser von ihr reichen. Er wußte selbst nicht warum, aber der Lavendelgeruch, die weißen Deckchen oder der grüne Lampenschirm versetzten ihn in seine Kinderzeit, in seine Familie zurück. Und brav und artig wie ein wohlerzogner Junge saß er auf dem Sopha, dem blonden, großen Mädchen gegenüber, das mit leiser Stimme ihm Dinge erzählte, die ihn gar nicht interessierten.

Wie war er nur heraufgeraten?

Nach einer halben Stunde empfahl er sich höflich, und stolperte erleichtert aufatmend, die drei Treppen hinab. —

Er hatte nach einer Woche das Erlebnis fast vergessen. Für sie hingegen gewann es von Tag zu Tag wichtigere Bedeutung.

Sie rief sich jedes seiner Worte, seine gutmütige Stimme zurück. Sie genoß seinen Händedruck immer wieder von neuem, und von neuem das angenehme Gefühl, das sie dabei beschlichen hatte. Sie sah sein hübsches Gesicht, wie es sich am ersten Abend neugierig und damals etwas verliebt, zu ihr geneigt hatte. Mit zärtlichen Fingern streichelte sie das Schutzdeckchen des Sophas, an dem sie ein dunkles Haar zu entdecken glaubte.

Eine Woche war vergangen, ohne ein Lebenszeichen von ihm. Sie begegneten einander nie, weil ihre Tagesordnung eine ganz verschiedne war. Er schrieb nicht, er kümmerte sich nicht mehr um sie. Heißes Weh befiel sie. Auch der! Und gegen diesen hatte sie sich doch wahrhaftig nicht Stolz vorzuwerfen. Aber vielleicht war sie doch noch immer zu stolz. Sie richtete einige Zeilen an ihn, und bat ihn um seinen Besuch. Er wisse ja, wie sie so gar keinen Freund hätte, und sie möchte in einer Angelegenheit seinen Rat erbitten. Für einen Menschen von einiger Herzenshöflichkeit war es schwer, nicht zu antworten.

Bindter schrieb einige Zeilen zurück. Sie bat ihn für den nächsten Nachmittag zu sich. Ein Dienstmann brachte seine Antwort. Er würde kommen.

Sie geriet in heftige Erregung, und benahm sich ganz kopflos in den Schulstunden. Den letzten Bissen im Munde, eilte sie am nächsten Tage aus dem Speisehause heim. Sie hatte heiße Wangen und kleine purpurrote Flecken bedeckten ihr Gesicht und Hals. Ihre Hände nestelten nervös an ihrem Haar herum und suchten es noch glatter zu streichen. Endlich hörte sie Schritte auf der Treppe. Im lichten Sommeranzug, eine aufgedrahtete Rose im Knopfloch, den spiegelblanken Zylinder in der Hand, trat Bindter herein.

„Guten Tag, Fräulein."

„Guten Tag! Es ist sehr gut von Ihnen —"

„O bitte —"

„Wollen Sie Platz nehmen, nicht wahr, die hohen Treppen bringen einen außer Atem."

Er ließ sich nieder. „Ach nein, die Treppen nicht, ich war überhaupt sehr schnell gegangen, ich habe viel zu thun —."

„Das glaub ich Ihnen, in einem so großen Geschäft. Haben Sie denn auch Ferien im Jahre?"

„Das wohl nicht, aber ich kann immerhin einige Tage Urlaub erhalten, wenn ich darum ansuche."

„Das thun Sie doch wohl."

„Manchmal; indes bei meiner gedrängten Zeit: darf ich Sie fragen, womit ich Ihnen eigentlich dienen kann?"

Er rückte ungeduldig auf seinem Stuhl. Sie spielte verlegen mit den Bändern des Schürzchens, das sie umgethan hatte.

„Dienen kann? Mein Gott! Ich dachte — aber reden wir doch von Ihnen, nicht von mir."

Ihr erhitztes Gesicht mit den schwimmenden Augen ärgerte ihn.

Sie erschien ihm nicht die Spur hübsch. Dazu dieser mütterlich gerührte Ton!

„Von mir ist nicht zu reden," sagte er etwas brüsk, „ich dachte, Sie wünschten etwas von mir, sonst wäre ich nicht heraufgekommen."

Sie zuckte zusammen, faßte sich aber schnell.

„Sie wissen, daß ich sehr verlassen bin —"

Er nickte.

„Nun, ich möchte den einzigen Freund, den ich habe — Sie —"

„Mich?" rief er erstaunt, „aber Sie kennen mich ja nicht im geringsten."

„Sie haben mich doch auf der Straße angesprochen, folglich muß ich Sie interessieren."

Er errötete leicht. „Verzeihen Sie, ich bekannte Ihnen ja schon meinen Irrtum; ich habe Sie einige Augenblicke lang für eines jener Geschöpfe gehalten, verzeihen Sie, die —"

„Ich nahm Ihnen das ja auch, wie schon gesagt, gar nicht übel, ich meine nur," fügte sie mit zäher

Ausdauer hinzu, „daß Sie angenehm überrascht sein müßten über ihren Irrtum."

Er lächelte gezwungen. Sie wurde ihm mit jeder Minute peinlicher, und doch war er genötigt, ein gutes Gesicht zu machen, denn in der That, er, er selbst hatte durch seine Dummheit sich in diese Situation gebracht.

„Womit also, verehrtes Fräulein — —" begann er von neuem.

Sie lehnte sich in den Stuhl zurück und zeigte ihm ihr tadelloses, reines Profil.

„Ich bin dieses Lebens satt, ich möchte etwas Neues beginnen, irgend etwas, was mich ausfüllt, befriedigt. Was glauben Sie, was raten Sie? Soll ich mich der Bühne zuwenden, ich habe eine gute Altstimme, oder soll ich Schriftstellerin werden? Man sagt, heutzutage könne jeder Mensch Schriftsteller werden, wenn er nur Stil hat. Ich glaube an diesem mangelts mir nicht. Was raten Sie, was meinen Sie?"

Herr Bindter kaute an seinem Schnurrbart. Es lag ihm auf der Zunge zu sagen: Aber zum Teufel! mein Fräulein, was gehts mich an, was Sie für einen Lebensberuf erwählen? Wer und was sind Sie mir? Ich wollte mich eine Stunde lang mit Ihnen unterhalten, erkannte beim ersten langweiligen Wort, das Sie sprachen, meinen Irrtum Ihrer Person gegenüber, und möchte nun gefälligst von Ihnen in Ruhe gelassen werden. Sie besitzen keinerlei Reiz für mich. Weder zum scherzen, noch weniger aber, um eine Neigung in mir zu erwecken. Doch Bindter war kein roher Mensch. Er überlegte sogar eine Sekunde, ob er keinen Freund wüßte, dem er sie anempfehlen könnte. Das Schicksal eines einsamen alternden Mädchens erfüllt jeden mit einer gewissen Teilnahme.

"Mein liebes Fräulein," sagte der junge Mann gutmütig, "Sie setzen mich da in eine große Verlegenheit. Woher soll ich wissen, welcher Beruf für eine junge Dame, die ich notabene kaum kenne, der beste sei? Wäre es nicht ratsamer, Sie wendeten sich an eine ältere, erfahrene Frau?"

"Das ist auch ein Rat," erwiderte die Lehrerin etwas kleinlaut, "sehen Sie, ich — dachte, Sie hätten vielleicht Geschwister oder sonst Damenbekanntschaften. Ich kenne wohl Kolleginnen, aber die segnen auch nicht ihren Beruf und zögen anderes vor, aber sie wissen sich nicht zu raten. Sie haben also keine Geschwister?"

"Nein, ich bin der einzige Sohn."

"Der einzige Sohn! Wie das klingt! Ihre Mutter muß sehr an Ihnen hängen."

"O ja, wir vertragen uns ganz gut."

"Wohnen Sie bei ihr?"

"Nein."

"Nicht? Ah da lebt sie wohl in einer andern Stadt?"

"Nicht weit von hier, wir sehen uns von Zeit zu Zeit."

„So sind Sie also allein?"

„Wie die meisten Männer meines Alters," warf er leicht hin, „Chambregarnist."

„Nun, das wird sich bald ändern."

Er blickte sie an. „Wieso?"

„Wenn Sie sich verheiraten."

„Ah so. Jawohl, das ist wahr."

„Sie haben doch schon eine Braut?"

„Augenblicklich — nicht." Er fuhr glättend mit dem Ärmel über seinen Zylinder. „Meine Braut hat einen andern mir vorgezogen."

„Ist das möglich?" Elise näherte ihr heißes Gesicht dem seinen. „Ist das möglich? Welch gewissenlose Person?"

„Sie war siebzehn Jahre alt und sehr schön. Ihre Eltern wollten immer hoch hinaus mit ihr. Während einer Reise, die ich machen mußte, gewann ein anderer ihr Herz."

„Sie Armer, Armer!"

Die Lehrerin streckte ihm die Hand entgegen. Er that, als sähe ers nicht, und erhob sich. „Ja, man macht allerlei durch. Also —"

„Sie wollen schon gehen? Wissen Sie, seitdem Sie mir das erzählt haben, stehen Sie mir noch näher. Sie auch so einsam wie ich!"

Ein Lächeln glitt über sein hübsches dunkles Gesicht.

„O ich bin nicht gar so einsam, und fühle mich auch nicht im mindesten unglücklich."

„Wahrhaftig nicht?" Sie sah ihn prüfend an. „Sie werden die Ungetreue durch eine Getreuere ersetzen...."

„Leben Sie wohl, Fräulein."

Er ergriff ihre Hand und schüttelte sie. Ihre Blicke richteten sich ängstlich auf ihn.

„Leben Sie wohl. Werde ich Sie nicht mehr sehen?"

„Sie merken ja nun wohl, wie wenig ich Ihnen raten kann, in keiner Weise —" er öffnete die Thüre. Sie legte ihre Hand zwischen die Spalte.

„Ich — wollte ja eigentlich — nichts von Ihnen, nur — sehen möchte ich Sie hie und da. Ich bin — so furchtbar einsam ......" Ihre Stimme zitterte. Bindter fühlte sein Herz weich werden. Es war weder Eitelkeit, noch erwachendes Interesse an ihr. Es war das Mitleid, das einen in die Tasche greifen läßt, um einem Bettler eine Münze zu reichen.

„Wenn Ihnen .... ich weiß nicht," sagte er unsicher, „wenns Ihnen Freude macht, will ich Sie dann und wann gegen Abend zu einem Spaziergang abholen, aber wie gesagt, wenn das üble Folgen für Ihren Ruf brächte —"

Sie faßte seine Hände und sah ihn glücklich an.

„Kommen Sie morgen, ja?"

„Morgen und übermorgen kann ich nicht," antwortete er überlegend, „aber Sonnabend."

„Wann?"

„Um fünf Uhr."

„Vergessen Sie es auch nicht."

„Nein, nein," rief er hinaustretend, „ich vergesse es nicht."

Sie saß lange auf dem Sessel, auf dem er gesessen hatte. Sie glaubte, eine leise Wärme aus demselben in ihren Körper steigen zu fühlen. Ihre Wimpern schlossen sich, sie schauerte. Wie sie es nur anfangen sollte? War sie noch immer zu stolz? Er behandelte sie wie ein anständiges Mädchen. Das war recht, aber — es wühlte etwas in ihr. Wäre sie leichtsinnig gewesen, wie weit wären sie da schon miteinander! Sie biß sich auf die Lippen. Schmach und Schande. Wenn ihre Mutter das wüßte! Ach — nur ein mal, ein einzig mal den großen Vorhang lüften, hinter dem das heiße, wirkliche Leben sich verbarg!

Sie hatte irgendwo gelesen, daß ein Mädchen gar keinen rechten Begriff vom Leben hätte, bevor es Weib geworden sei. War es noch immer zu früh mit fünfunddreißig Jahren?

Mit zuckenden Lippen legte sie sich zu Bette. Die ungeheuerlichsten Vorstellungen erfüllten sie. Vorstellungen, wie sie nur die Seele der Unwissenden erfüllen können.

Und dazwischen quälte sie immer wieder die Frage: was soll ich thun, daß er aufhört, mich als Dame zu behandeln?

Zwei Tage ging sie wie eine Nachtwandlerin umher. Grünliche Blässe bedeckte ihr Gesicht. Ihre Hände und Füße waren eisig.

"Mir ist schlecht," stotterte sie am dritten Tag, und verließ während der Unterrichtsstunde die Schule. Fräulein Haug besucht sie etliche Stunden später, fand aber ihre Thüre verschlossen. Sie wird sich niedergelegt haben, dachte die Kollegin, und stieg geduldig die Treppen hinab. Gegen Abend, später, als Elise erwartete, kam Bindter.

"So im Dunkel," sagte er, ihre Hand leicht drückend. "Ich konnte nicht früher abkommen."

"Wollen Sie wirklich nochmals ausgehen?"

"Gewiß, gewiß," rief er rasch, die Vorstellung, etliche Stunden hier mit ihr zubringen zu sollen, erfüllte ihn mit Langeweile.

"Ja, dann muß ich wohl anzünden."

Sie rührte sich nicht von der Stelle. "Im Finstern finde ich meine Sachen nicht."

"Bitte zünden Sie an."

Er ließ sich, ohne den Überzieher abzulegen, auf einen Stuhl nahe der Thür nieder.

"Ich weiß nicht, wohin ich die Zündhölzer verlegt habe," sagte sie mit heiserer Stimme.

"Ich kann Ihnen geben, ich kann Ihnen geben."

Er fuhr in die Tasche seines Rockes, und reichte ihr im Dunkeln das Schächtelchen hinüber. Erst mit dem dritten Streichholz gelang es ihr, den Docht der Lampe zu entzünden.

„Es ist sehr schön draußen," sagte Bindter, der erwartete, daß sie nun Hut und Mantel holen würde. Statt dessen machte sie eine halbe Wendung gegen ihn, und ließ sich auf den Stuhl an seiner Seite nieder.

„Mir ist so unwohl."

„O!" Wirkliche Teilnahme drang aus seiner Stimme. „Kann ich Ihnen irgend etwas helfen, holen? vielleicht ist das Beste, Sie legen sich nieder. Ich schicke Ihnen Limonadenpulver, das ist gut gegen Migräne."

Sie sah ihn an.

„Ich habe keine Migräne, ich .... mir ist so heiß — —"

Sie erhob sich. Auch er.

„Vielleicht wenn Sie das Fenster öffneten."

Sie schwankte gegen das Fenster, er kam ihr zuvor, und öffnete es.

„Ah wie gut!"

Die kühle Luft strömte in die Lavendelschwüle des Stübchens.

„Dann kommen Sie doch! Sie brauchen ja nur den Hut aufzusetzen. Kommen Sie!"

Beim Schein des Lämpchens sah er ihr bleiches Gesicht mit den dunkelumrandeten Augen, dann blickte er suchend im Zimmer umher.

„Aber wo haben Sie eigentlich Ihren Hut?"

„Ich glaube im Nebenzimmer."

Er öffnete die Thür des anderen Stübchens.

„Ah, da seh ich ihn —"

„Laffen Sie, laffen Sie —"

Sie sprang hin, und riß ihm den Hut aus der Hand. „Ich gehe doch nicht aus," ihre Finger umklammerten die seinen, „mir ist zu unwohl, ich kann wirklich nicht."

Sie entwand ihm den Hut, und lachte nervös.

„Nicht wahr ein kleines Stübchen?"

„Zum Schlafen groß genug," sagte er etwas verwirrrt, und wollte hinaustreten.

„Da, fühlen Sie, wie meine Stirne glüht." Sie hob seine Hand an ihr Gesicht. Und plötzlich lag sie an seiner Brust in konvulsivischem Weinen. —

„Ich leide so . . . ich leide so . . . . ."

Seine Brauen runzelten sich, er machte sich von ihr los. Das wollte er nicht.

„Kommen Sie doch," sagte er, „Das sind ja Dummheiten."

Der intensive Milchgeruch, der von ihr ausging, widerte ihn an. Er drängte sie zur Thüre, sie widerstand.

Da packte er ihren Hut, und drückte ihr ihn auf den Kopf.

„Sie kommen sofort, oder Sie sehen mich nie wieder."

Das Wort erschreckte sie. Sie fuhr sich über das nasse, brennende Gesicht . . . . „ja, ja, ich komme schon, nur . . . die Handschuhe noch . . ."

Er war hinaus getreten, plötzlich hörte er einen bumpfen Fall. Er sprang zu ihr. Sie lag auf den Knieen, den Hut verschoben im Nacken, den einen Handschuh hatte sie angezogen, der andere lag am Boden.

Weshalb sollte er dieses Weib schonen?

———————

Das Merkwürdige an ihr war, daß sie seit jenem Tage ganz zufrieden und gestillt schien. Sie söhnte sich mit ihrem Beruf wieder aus, und ging mit seligem Gesichte einher. Sie hatte nach jenem Abend mehrere Versuche gemacht, Bindter zu begegnen, ihn zu veranlassen, sie zu besuchen, doch war alles vergebens. Zuletzt hatte er ihr in nicht mißzuverstehender Weise verboten, jemals wieder seinen Weg zu kreuzen. Er liebe sie nicht, und seit dem letzten Male sei es ihm unmöglich sie wiederzusehen. Weit entfernt sich zu erzürnen, hob sie sogar seine Briefe sorgfältig auf und las sie dann und wann durch.

Ein geheimnisvoller Zug war in ihr Gesicht getreten. Sie sog und sog an dem Glück der einen Stunde, und ihre Phantasie, befruchtet geworden, gebar immer neue und neue Vorstellungen, an benen sie sich sättigte. Ihre kleine, stille Wohnung im dritten Stocke erschien ihr voll von mystischen Geheimnissen, von versteckten Seligkeiten, von leckenden Feuern, von Dingen, die ein gesunder Geist nicht ahnen und ausdenken konnte. Hier im Nest ihrer schwangeren Sinnlichkeit streichelte sie ihre Seele zu Tode.

„Mit diesem Gesicht können Sie nicht unterrichten," sagte eines Tages die Schulvorsteherin zu ihr, „ich gebe Ihnen sechs Wochen Urlaub, wenn Sie bis dahin Ihre Nerven nicht gekräftigt haben, ist es nicht unwahrscheinlich, daß man sich nach Ersatz für Sie wird umsehen müssen."

„Sag mir nur Elise, ich beschwör Dich, was ist Dir geschehen, was hast Du erlebt?"

Fräulein Haug legte die Arme um das große blonde Mädchen, das von Tag zu Tag üppiger und fahler wurde.

Da lächelt die Lehrerin, und neigt sich mit glücklichem Gesichte an das Ohr der Freundin:

„Ich hab' ein Verhältnis."

„Und — wird er Dich heiraten?"

„Wir sind schon — nur noch nicht vor der Welt."

Die Freundin schlägt die Hände zusammen, „Du konntest das thun? Du!"

Elise verläßt allein das Kosthaus. Sie wählt die entlegensten Straßen, und meidet es, laut aufzutreten. In ihrer Wohnung angekommen, legt sie sich aufs Sopha, schließt die Augen und lächelt.....

Und in den Lavendelduft mischt sich ein neuer, heißer, schwälender Geruch.....

In Weiß

Es war richtig, daß sie mit ihm geschäkert hatte. So wie junge Mädchen schäkern. Einen am Ohr zupfen, ein bischen in den April schicken, u. s. w. Aber dabei hatte sie gar nichts gedacht. Wenigstens nichts, was ihn zu diesem berechtigt hätte. Sie hatte ja auch kaum ihr fünfzehntes Jahr überschritten.

Einmal stand sie am Acker gebückt, und schnitt mit der Sichel die Frucht. Der letzte Gewittersturm hatte das Korn umgeworfen, daß man es nicht mit der Sense schneiden konnte. Es war gerade zur Mittagszeit, und flimmernde Hitze lag über den Feldern. Nirgends wo war ein Schatten zu entdecken. Die brutale glühende Helle übte ihren bösen Zauber auf Mensch und Tier aus. Die Vögel schwiegen, und die Dorfhunde verkrochen sich mit blutunterlaufenen Augen und eingezogenem Schwanz in die verborgensten Winkel. Wie ein erstickter Schrei lag's über der öden Gegend, über der die große rötliche Sonne hing.

Da fällt ein Schatten auf das emsige Mädchen.

„Treska," flüstert eine heisere Stimme. Die Kleine fährt erschrocken auf.

„Du! Was willst denn Du da?"

Der Mann mit dem wuchtigen, plumpen Körper, und der keuchenden Brust packt ihre Hände.

„Laß doch Deine Sichel, kleine Katze. Wir wollen uns ein bischen hinlegen, es ist zu heiß zum arbeiten."

„Ich hab' keine Zeit," erwidert sie harmlos, „bis zu dem Grenzstein dort muß ich vor Abend fertig sein, sonst giebts Schelte."

„Ah was, Faxen."

Mit dem stumpfen, verglasten Blick des Verbrechers wirft er die Arme um ihren Leib, und zwingt sie nieder. Sie kreischt auf, aber er preßt ihr die eine seiner derben Bauernfäuste auf den Mund. — — —

Es war spät am Abend, als sie heimkehrte. Ihre Mutter, ein großknochiges, altes Bauernweib mit finstern abgearbeiteten Zügen, kam ihr fluchend entgegen.

„Wo warst Du, faule, nichtsnutzige Dirne?"

Da bricht Treska in wimmerndes Schluchzen aus, und erzählt, was ihr geschehen.

„Possen," brummt die Alte unwirsch, „da ist Dein Essen, schau, daß Du fertig wirst, und zur Ruh kommst, morgen heißts mit dem Hahn aufstehen."

Und Treska stand mit dem Hahn auf.

Auf dem stillen Acker stand sie in der schweigenden Morgenfrühe und sah mit aufgerissenen Augen um sich, ob er am Ende wieder käme. Er kam nicht. Beim Dorfbrunnen näherte er sich ihr nach ein paar Tagen, und wollte ihr etwas sagen, aber sie stürzte mit gellenden Schreien davon, daß er, die Pfeife zornig zwischen die Zähne drückend, weiter ging. Und dann noch einmal, am Sonntag beim Kirchgang war's, als er plötzlich an ihre Seite trat. Sie ließ ihr Gebetbüchlein fallen, und rannte davon. Seit der Zeit ließ er sie in Ruhe. Sie war ihm zu dumm. Später verdingte er sich bei einem Bauer im nächsten Weiler, und kam ganz aus ihrem Gesichtskreis. Sie wurde durch nichts Äußeres mehr an jene heiße Mittagsstunde erinnert. Niemand war Zeuge gewesen, was sich auf dem stummen Acker ereignet hatte. Nur behaupteten die Leute, seit einiger Zeit wäre die muntere Treska blöde geworden.

Sie konnte stundenlang auf einem Fleck sitzen, ohne sich zu rühren, immer vor sich hinstarrend. Und plötzlich fing sie an jämmerlich zu schreien, und wand sich in Krämpfen am Boden. Die Mutter prügelte sie, und schalt sie eine vom Teufel Besessene. Aber je härter sie die Kleine behandelte, um so verwirrter und wunderlicher wurde diese. Sie schlich sich so oft sie konnte vom Haus weg; man fand sie dann irgendwo in einem Graben, oder im dichtesten Gebüsch wie geistesabwesend kauern. Schließlich gewöhnten sich die Leute im Dorf an ihre Sonderbarkeiten, und Niemand achtete mehr auf sie. Treska wurde älter. Sie arbeitete auf dem Feld, und des Nachts lag sie neben den Kühen auf der Streu.

Sie wuchs nicht in die Höhe, sondern blieb klein und unscheinbar. Nur ihre Augen wuchsen, die wurden immer größer und tiefer, und glänzten wie dunkle Geheimnisse in die Welt. Ohne jene Mittagsstunde am Acker wären sie klein geblieben, kleine Instinktaugen eines Bauernmädchens. Der Schrecken hatte sie geweitet, und ihre Seele die dichte Haut des geistigen Schlafes, die sonst wohl nie gesprengt worden wäre, durchbrechen gemacht. Sie mußte erst Weib werden, ehe sie Jungfrau wurde. Solche Jungfräulichkeit ist ein eherner Kronschatz. Kein Feuer, und keine List der Erde kann sie mehr rauben. Solche Jungfrauen gehen in ihren weißen Gewändern, an deren Saum ein kleiner Purpurstreifen leuchtet, zur Gruft.

Die kleine Treska wußte nichts von dem königlichen Kleid, das sie hinter sich herschleppte. Sie glaubte, es sei das Unglück, das schreckliche, das so schwer an ihr zog. Sie besaß Niemand auf der Welt, dem sie hätte sagen können, was in ihr vorging. Ja, sie konnte es nicht einmal sich selbst sagen, sie besaß nicht die Fülle des Ausdrucks, die nötig ist, um sich über diese subtilsten Seelenzustände klar zu werden. Sie glich einer einfältigen Harfe, auf der ein Engel ein unendlich trauriges, unendlich süßes Lied spielt.

Eines Tages, als sie mit ihrer Kuh, die sie auf die Weide geführt hatte, zurück kam, fand sie einen

Mann bei ihrer Mutter. Die Alte trat ihr mit funkelnden Augen entgegen.

"Treska, verkrüppeltes Huhn, sieh Dir den Lajos an, und wasche den Staub seiner Schuhe mit Deinen dankbaren Thränen, der Mann will Dich zu seinem Weib nehmen, der Bauer Dich, die Tochter der ärmsten Keuschlerin. Küß ihm die Hand, unbankbare Dirne."

"Warum willst Du mich?" sagte mit schweren Lippen, den Mann ins Gesicht blickend, die Tochter.

Der Bauer, ein Wittwer mit einem Nest voll kleiner Kinder, lachte.

"Weil Du still bist, weil Du wie ein Lasttier arbeitest, weil Du keine Ansprüche machst, und endlich," er zog sie begehrlich an sich, "weil Du mir gefällst." Seine Hand tastete nach ihrer Brust.

Treska erblaßte. "Ich mag Dich nicht."

Die Mutter faßte sie wie im Scherz an den lang herabhängendem Zopf.

"Das sagen die Mädels vorher, und nachher können sich die Männer ihrer Zärtlichkeit kaum erwehren. Wann willst Du sie, Vetter?"

"Sagen wir, bis zur Weinlese."

"Das wären noch so zwei, drei Wochen."

Er nickte.

"Abgemacht. Du weißt, viel kriegt sie nicht mit."

"Braucht sie auch nicht." Der Bauer fuhr sich selbstgefällig über den grauen Stoppelbart. "Kannst sie mir im Hemd schicken. Ich zieh sie an."

„Du Ei haſt Glück," ſchrie die Alte, und gab der Tochter einen beglückwünſchenden Stoß in den Rücken. „Schau, daß Du ſchnell noch etwas aufgehſt, träger Teig, Du."

„Ihre Größe iſt mir recht," raunte der Bauer, ſich den Speichel aus den Mundecken wiſchend, „ich mag die langen Weiber nicht."

Dann erhob er ſich und ging.

In der Nacht wurde die Alte plötzlich geweckt. Treska ſtand mit weißem Geſichte vor ihr.

„Wollt Ihr wirklich, daß ich des Lajos Weib werde?"

„Wollen? Du mußt, es iſt ja ſchon ausgemacht."

„Aber ich — kanns nicht."

Da ſprang die Alte aus dem Bette, ergriff den Leuchter, der auf der Komode ſtand, und ſchlug damit auf das Mädchen los.

Treska muckſte nicht. Sie wiſchte ſich ruhig das Blut von der Stirne, und ging hinaus.

Im Stall, neben dem ſchmalen Bett, worin ſie ſchlief, ſtand ein Holzkäſtlein. Darin hatte ſie ihre Schätze verwahrt. Eine Schnur Glasperlen, ein paar Heiligenbildchen, ihr Gebetbuch und ähnliches, und noch ein kleines weißes Taſchentüchlein mit ihrem Namen in der Ecke geſtickt, das ihr die Patin zum Firmgeſchenk gemacht hatte.

Das junge Mädchen zauderte einen Augenblick, welchen von ihren Schätzen ſie mit ſich nehmen ſollte.

Dann wählte sie das Tüchlein, steckte es in die Tasche, und verließ die Behausung.

Die Sterne waren im Verblassen begriffen.

Ein schwaches Rot im Osten verkündete den herannahenden Tag. Treska schritt an ihrem Acker vorüber, und weiter, weiter.

Sie hatte keinen Blick für ihre Umgebung, sie hörte nur eine Frage in sich tönen: wie kannst Du Dich vor dem Kommenden retten? Sie fühlte gleichsam die wühlenden Hände des keuchenden Mannes an ihrem Leibe und vergaß vor Grauen zu atmen. Sie wußte ja wie das war, was ihr bevorstand. —

Und plötzlich ging ein schauerndes Lächeln um ihren Mund. Sie hatte einen Ausweg erblickt. — Sie begann zu laufen. Sie dachte nicht klar, aber in der grauen Nebelatmosphäre ihres Gehirnes tanzte der eine lichte Erkenntnisstrahl wie ein lockender Fingerzeig vor ihr her. Sie erreichte die ersten Schatten des Wäldchens. Das Dorf lag in grellem Sonnenlichte hinter ihr, weit hinter ihr. Hier wars kühl und morgentlich frisch. Hier herrschte mildes Dunkel. Etwas wie eine große linde Vergebung rauschte aus den Zweigen. — Fast glücklich kauerte sie auf die Erde nieder. Ja, sterben! Aber wie? Wie stirbt man? Was muß man beginnen um zu sterben? In einem Fluß ertrinken? Hier in der Nähe gabs keinen. Im Feuer verbrennen? Sie hatte kein Feuerzeug bei sich. Sich erhängen? Das war so häßlich. Sie strecken alle die Zunge heraus, die Erhängten. Sie hat schon zwei gesehen. Einen, den der Stuhlrichter aufhängen ließ, einen andern, der sich freiwillig ans Fensterkreuz aufknüpfte.

Da fällt ihr Auge zufällig auf einen Strauch, und ein heißes Gefühl, sie weiß nicht, ists Freude oder Schreck, überrieselt sie. Die Mutter schlug sie einst, als sie von diesen roten, langstieligen Beeren naschen wollte, und sagte, wer davon esse, müßte sofort sterben. Wenn sie alle die Beeren des Strauches pflückte und aß? Obs weh thut das Sterben an den Giftbeeren. Sie überlegte ein wenig. Da fühlt sie etwas ihren Busen heraufkriegen. Es ist eine große schwarze, schleimige Schnecke, die sich langsam fortbewegt. Und unwillkürlich erinnert sie sich des Fingers, der gestern tastend über ihre Brust geglitten ist. Mit dem einen Bild steigen andere in ihr auf.

Ihre Lippen pressen sich hart aufeinander, als wollten sie das heimliche Rot totschweigen, das über ihren Leib in ihre Wangen kriecht. Sie erhebt sich, tritt zu den Strauch, und pflückt eine Beere. Sie schmeckt widrig, säuerlich-süß, rauh zusammenziehend. Treska schauert zurück. Da bewegt sich ein Baumzweig, und sie erblickt drüben das grellsonnige Dorf.

Gleicht es nicht einem Gesicht, das glühend nach ihr aussieht? Sie schließt die Augen, und greift mit gierigen Händen in den Strauch. Sie hält sich tapfer und speit nicht aus. Bald tritt eisiger Schweiß auf ihre Stirne und schwindelnd läßt sie in ihrem Todeswerk nach. Sie hat eine Quantität Gift im Leibe, die hinreicht, sechs Menschen zu töten.

Sie kämpft mit dem Tod um den Tod.

Bald erlahmt ihr junger Körper, und Frieden und Stille breitet sich über ihre erstarrende Gestalt. —

Das sonnige Dorf drüben vermag sie nicht mehr zu erschrecken. — — — — — — — — — —

Scham

Blanche Lautenschläger glich der Innenseite eines Rosenblattes. So zart, so duftig, so kaum angehaucht von der Farbe des Lebens. Ihre weißblonden Haare schienen aus Monbstrahlen gesponnen. Dieses ätherische junge Mädchen, die Tochter eines pensionierten Hofrats, hatte ihre Mutter schon früh verloren, und lebte ganz eingehüllt in die unerschöpfliche Weihrauchwolke ihres sie anbetenden Vaters.

In einer der Sommerfrischen, die sie besuchten, lernte sie einen jungen, reichen und schönen Mann kennen, in dem sie heftige Neigung erweckte. Sie blieb nicht unempfindlich gegen seine Zärtlichkeit, und so viel es ihre blumenhafte Jungfräulichkeit erlaubte. enthüllte sie ihm die Schwingungen ihrer Empfindung, Er, selig darüber, eilte zu ihrem Vater und bat um ihre Hand. Der Alte, dem längst die sympatische Erscheinung des jungen Mannes, sowie dessen Verehrung für Blanche aufgefallen war, gab gerne seine Einwilligung zu ihrer Verbindung.

Sie verlebten in ihrem Schweizerdörfchen einige Tage ungetrübtesten Glückes, und besprachen die Vorbereitungen zur Hochzeit, als ein Ereignis wie ein Hagelschlag auf ihre Pläne fiel.

Heinrich v. Niederreiter war durch den betrügerischen Bankerott des Bankiers, bei dem er sein Vermögen angelegt hatte, in wenigen Stunden zum Bettler geworden.

Blanche versicherte ihn mit rührender Aufrichtigkeit, daß dieser Schicksalsschlag ohne jede Wirkung auf ihre Liebe wäre, aber die beiden Männer dachten anders.

Der Hofrat besaß nichts als seine Pension, und Heinrich wollte das geliebte Mädchen nur in ein Haus führen, das ihrer Schönheit würdig war. Ein Ehrenmann vom Scheitel bis zur Sohle, that er sofort Schritte, um zunächst irgendwo eine seinen glänzenden Fähigkeiten entsprechende Stellung zu erhalten, die ihm die notwendigen Mittel zur Verbindung mit der Geliebten gab. Freilich, so eine Stellung war nicht sofort bei der Hand, man mußte sich wohl einige Monate gedulden. Das schmerzlichste für ihn war indessen, während dieser Zeit die Nähe des geliebten Mädchens meiden zu müssen. Aber das ließ der Alte nicht zu.

„Kommen Sie nur recht oft zu uns," sagte er, ihm die Hände auf die Schultern legend, „lassen wir die konventionellen Faxen, schiebt sich auch die Hochzeit etwas länger hinaus, deshalb soll mein Kind Sie nicht entbehren."

Sie verließen gemeinsam ihre Sommerfrische und begaben sich nach der Stadt zurück. Unterwegs war Blanche sehr aufgeräumt, und spöttelte über die ernsten Mienen der beiden Männer. Wegen des dummen Geldverlustes. Wenn man sich so lieb hatte, wie sie einander! Sie plauderte über die erstaunten Gesichter ihrer Bekannten, die noch nichts um ihre Verlobung wußten, witzelte mit harmloser Bosheit über diesen und jenen, und zauberte allerlei Karrikaturen vor ihre Hörer, in denen sie ihre Freunde erkennen sollten.

„Einen hast Du noch vergessen," scherzte der Hofrat, von der heiteren Laune seiner Tochter fortgerissen, „den Ritter vom Sporn."

„Wer ist das?" fragte Heinrich.

„O einer, der nicht zu unserm Kreis zählt, mein früherer Reitlehrer. Papa neckt mich immer mit ihm, weil er so häßlich ist —"

„Und so sehr in mein Töchterlein verbrannt."

„Oho," drohte Heinrich, „etwa Monsieur Alfred vom Eibelschen Tattersall?"

„Derselbe," nickte Blanche mit ganz leichtem Erröten. „Er wohnt in unserer Straße und begegnet mir sehr häufig."

„Er hat das gemeinste Gesicht, das ich kenne," meinte Heinrich.

Blanche stimmte zu. Ihr Vater rühmte, eine wie treffliche Reiterin sie wäre, und dann kamen sie auf anderes zu sprechen. —

Heinrich kündete seine prächtige Junggesellenwohnung und bezog in der Nähe seines künftigen Schwiegervaters ein paar bescheidene Stübchen. Er kam jeden Nachmittag zu Lautenschlägers, und berichtete über seine Aussichten, besprach sich mit dem alten Herrn, und ruhte mehrere Stunden zu Blanches Füßen. Manchmal war ihnen das Glück günstig, und sie hatten sich allein.

Dann saßen beide aneinandergeschmiegt, und Blanches Gesicht brannte von den Küssen ihres Verlobten. Sie, deren Seele bisher einem unbeschriebnen Blatt geglichen hatte, war den brennenden Zeichen der Leidenschaft umso zugänglicher. Sie lernte all die geheimen Vorseligkeiten der Liebe kennen, und genoß mit offnen Sinnen ihre immer neuen Überraschungen. Da sie unschuldig und unwissend war und Heinrich gar keinen Widerstand entgegensetzte, so mußte dieser ehrenhafte Mann alle Willensbeherrschung zusammen nehmen, um ihre Arglosigkeit nicht zu mißbrauchen. Er wollte nicht, daß sie die Augen vor dem Altar niederschlagen mußte, er glaubte sie unglücklich zu machen, durch ein vorzeitiges Fordern seiner Rechte.

Einmal war es doch vorgekommen, daß ihn seine Beherrschung verließ, und er sie glühender als sonst an sich pressen wollte. Da hatte sie ihn groß mit ängstlich erstaunten Augen angesehen. Seit dieser Zeit that er es nicht mehr. Nur seine Küsse, seine Händedrücke, seine Blicke wurden immer sprechender, dringender, verliebter. Und sie lag mit geschloßnen Wimpern an seiner Brust, und fühlte das wilde Hämmern seines

Herzens. Er nannte sie: meine weiße Rose. Und sie bemühte sich, das Zucken ihrer Lippen, das müde Sinken ihrer Lider zu verbergen. Er hielt ja so schrecklich viel von ihr, er durfte sie nicht bei diesem Hinschmelzen ertappen . . . . .

Während ihre Lippen sich unter seinen Küssen mehr und mehr öffneten, und ihr Leib geschmeidiger und empfindsamer wurde, ließ sie die Larve der Göttin ruhig vor ihrem Antlitz. Nur manchmal, wenn seine Zärtlichkeit eine gar zu zerfleischende war, traten ihr heiße Tropfen ns Auge . . . . Das war kaum länger zu ertragen. Fort mit der Maske, und doch . . . . es ging nicht. In solchen Stimmungen lief sie öfters, wenn er sie verlassen hatte, hinaus auf die Straße, um ihr tobendes Blut zu beruhigen. Da war es nichts Seltenes, daß ihr ein Mann begegnete und sie grüßte. Er besaß neben einer stattlichen hohen Gestalt einen abstoßenden Kopf.

Monsieur Alfred war Amerikaner und erst seit etlichen Jahren hier am ersten Reitinstitut angestellt. Man munkelte allerlei Dunkles von seiner Vergangenheit. Auch hier in der Stadt kursierten manche pikante Skandalgeschichtchen von ihm. Seine Züge, die die breiteste Gemeinheit und Genußsucht verrieten, widerlegten nicht diese Anekdoten. Blanche hatte diesen Mann immer mit unendlichem Hochmut behandelt, was er mit eisiger Gleichgültigkeit erwiderte. Nun, sie wußte nicht warum, dankte sie seinem Gruß mit mehr Aufmerksamkeit. Einmal wagte sie es sogar, den

Geringgeschätzten in die Augen zu sehen, während er grüßend an ihr vorüberschritt. Sie war früher nicht empfindlich für die Atmosphäre dieses Menschen gewesen. An dem kalten Marmor ihrer Jungfräulichkeit hatte der heiße Brodem, den sein Wesen ausatmete, sich nicht ansetzen können. Jetzt, wo das Weib in ihr erwacht war, und sich dehnte und streckte in sehnsüchtiger Bereitwilligkeit, fühlte sie das Fluidum der Sinnlichkeit, das seine Gestalt ausatmete. Es wurde ihr fast physisch übel, wenn sie an ihm vorüberging. Aber in diesem Übelwerden lag etwas Aufregendes, Bedrängendes, das nicht unangenehm war. Es schien ihr, als ob sie in heißes Wasser untertauchte.

Der Reitlehrer, der die Frauen zweier Weltteile kennen gelernt hatte, entdeckte mit seinen scharfen Augen den verborgenen Aufruhr in der Seele des jungen Mädchens. Er warf ihr seine kühnsten, unverschämtesten Blicke zu, Blicke, mit denen er Straßendirnen nachsah. Und sie biß die Zähne zusammen vor Empörung und Ekel, und stürzte sich in die Arme ihres Geliebten. Heinrich, der von Tag zu Tag stärkere Kraft aufbieten mußte, um standhaft zu bleiben, konnte es nicht verhindern, sie unbeabsichtigt mehr und mehr in die Geheimnisse der Leidenschaft einzuweihen. Er machte sie wissender, klüger, ohne ihr Wissen auszubeuten. Der Augenblick, da er die wonnige Saat seiner Ernte einheimsen würde, kam ja näher. Endlich hatte er eine glänzende Stellung in Aussicht.

Er zwang sich um Blanches Willen, vor ihrer Hochzeit sie seltner zu besuchen. Freilich, wenn er dann erschien, schäumte die Leidenschaft der beiden jungen Leute fast über. In solchem Momente glaubte sie zu entdecken, wie der Geliebte ihre wilden Kundgebungen mit heimlicher Verwunderung betrachtete. Sie überwandt sich und aufsteigende Scham gab ihr ihre Selbstbeherrschung zurück. Sie mußte ja die weiße Rose bleiben. —

- Aber die Flamme, die er entzündet hatte, wütete in ihr. Was sollte sie beginnen, um die thörichte Scheu loszuwerden, die sie dem Manne, den ihre Seele liebte, gegenüber empfand?

Eines Tages begegnete sie wieder Alfred. Zufällig ist niemand in der Nähe. Er sieht sie mit verletzender Vertraulichkeit an. Sie speit ihm ins Gesicht.

"Kommen Sie zu mir," wirft er als Antwort zurück. —

Sie erblaßt und stößt mit der Fußspitze einen Stein vor sich, der ihr im Wege liegt. —

Abends irrt sie mehrmals durch die Straße, und betritt endlich ein Haus, das nicht das ihre ist. Sie schleicht über eine Treppe, und öffnet die Thüre, die in die Wohnung des Mannes führt, den sie am Vormittag ins Gesicht gespieen.

"Ich verachte Sie unendlich."

Er lacht, nimmt sie in seine Arme, und preßt seine dicken Negerlippen auf ihren halbgeöffneten Mund. Vor diesem Manne schämt sie sich nicht.

Sie wird sich ganz geben wie sie ist . . . . . .

Sumpfgrün

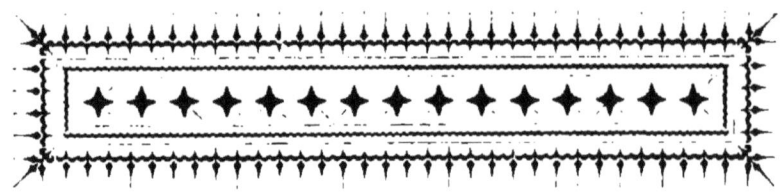

Sehr geehrte Frau!

Mit herbern Gefühlen hat noch kein Mensch einen Brief begonnen..... Am liebsten möchte ich persönlich zu Ihnen eilen, aber ich kann meine arme Gattin, die vor Kummer erkrankt ist, nicht verlassen. Frau Karpf, was ist aus dem Jungen geworden? Sagte ich Ihnen nicht, als ich ihn Ihrer Pflege übergab, daß von Ihrer sorgfältigen Überwachung nicht nur das Wohl unseres einzigen Kindes, sondern auch unsere eigne Zukunft abhängt? Mein Vater, der nun einmal darauf verpicht ist, Adolf zur Gelehrtenlaufbahn zu erziehen, droht, wenn der Junge sich seinem Willen widersetzt, nicht nur ihm, sondern auch uns jede Unterstützung zu entziehen. Was diese Drohung für uns bedeutet, können Sie ermessen, wenn ich Ihnen gestehe, daß in der letzten Zeit meine poetische Ader zu versiegen droht, und ich nur noch mit schwerer

Mühe mich zu Schöpfungen aufraffe, die mir wenig Ruhm, und noch weniger materiellen Gewinn einbringen. „Zwei Künstler in meiner Familie wären mir zu viel," sagte jüngst höhnisch der Alte. Er spielte darauf an, daß Adolf viele Anlagen von mir besitzt. Der berühmte Professor mag sich freilich manchmal schämen, wenn er in kleinen Käseblättern den Namen seines Sohnes findet. Deshalb will er den Enkel vor solchem Schimpfe bewahren. Frau Karpf, retten Sie unsern Jungen! Er muß abermals nachsitzen. Ich will ihn in den Ferien nicht sehen. Er soll das Versäumte nachholen. Sagen Sie ihm, daß ich alle meine Rechte auf Sie übertragen habe, daß er Ihnen gehorchen soll, daß mein und seiner Mutter Wohl und Wehe von seiner Aufführung abhänge. Noch ein so schlechtes Zeugnis, und wir können betteln gehen. Der Alte ist unerbittlich. Und forschen Sie um Christi Willen nach der Ursache, welche den Jungen vom Lernen abhält. Müßte ich nicht wegen der Spärlichkeit unserer Mittel auf dem Lande leben, wo keine Schule weit und breit ist, ich hätte ihn ja keine Stunde von mir gegeben. Er soll in Gottes Namen sein Examen machen, dann auf der Universität giebts ja mehr Freiheit. Sagen Sie ihm das. Und seien Sie gegrüßt, verehrte Freundin, von meiner armen tiefbekümmerten Frau und mir.

Ihr Norbert von Lieben.

Frau Hauptmann Karpf faltete geräuschvoll den Brief zusammen, und lehnte sich mit geröteten Wangen in den Sessel zurück. Sie war eine prächtige alte Frau. Weißes reiches Haar umgab ihr rosiges Gesicht mit den energischen Zügen. Seit vielen Jahren Witwe, keine Kinder besitzend, langweilte sie sich, und nahm junge Leute, die in Prag ihre Studienzeit vollenden wollten, zu sich in Pflege. Vor vier Jahren hatte Lieben, den sie noch aus seiner Studienzeit her kannte, ihr den Jungen übergeben. Damals zählte er vierzehn. Er kam in die Quinta. Er war ein kleiner forscher Kerl, der zu den besten Elternhoffnungen berechtigte. Die letzten zwei Jahre machte er keine Fortschritte. Als ob er ein anderer geworden wäre. In den jüngsten Ferien, als er nach Hause kam, erstaunten seine Eltern über ihn. Er war einsilbig, finster, zu keinem Scherze aufgelegt, gleichgültig gegen alles und alle, die ihn früher lieb waren. Der Vater grübelte und sann, um den Grund zu der Wunderlichkeit des jungen Menschen zu entdecken. Endlich, als sich alle seine Schlüsse als falsche herausstellten, schrieb er an Frau Karpf. Voriges Jahr war dies, und nun neuerdings dieser Jammerbrief.

"Wart Kerl, ich will Dir doch noch auf Deine Schliche kommen," sagte die resolute Frau, ihre fleischige Hand ballend, und erhob sich. Denn irgend etwas mußte doch die Ursache zu seiner innerlichen Veränderung sein. Früher, sprühend vor Talent, Gesundheit, Lebensfreude, jetzt unfähig, den leichtesten Lehranforderungen nachzukommen, verstimmt wie ein nervenschwacher Lebemann. Frau Karpf rauschte in ihrem schwarzen Seidenkleid, das sie selten gegen ein anderes vertauschte, aus ihrem Arbeitszimmer, durchschritt einen Korridor mit mehreren Thüren, und klopfte an eine derselben. Auf ein „Herein" von innen, trat sie ein. Adolf lag lang auf dem Sopha, und erhob sich träge, um seine Wirtin zu begrüßen. Sie ließ sich nieder und blickte ihm forschend ins Gesicht.

„Wie Sie wieder finster drein sehen!"

„Merken Sie das erst heute?" Er zuckte gleichgültig die Schultern.

„Nein allerdings, aber wissen Sie, Ihr Benehmen wird mir immer rätselhafter, das geht so nicht weiter. Was soll ich Ihrem Vater berichten, eben habe ich einen verzweiflungsvollen Brief von ihm erhalten."

„Schon wieder. Immer dieselbe Leier, die Alten verstehen die Jungen nicht, bekannte Geschichte."

„Wie, was soll das heißen?"

Frau Karpfs Augen begannen zu funkeln.

„Was verstehen wir nicht? daß ein junger, heiterer, zufriedner Mensch plötzlich zum menschenscheuen Grübler wird, als Dummkopf betrachtet wird —"

„Frau Karpf, ich weiß nicht ... Sie behandeln mich doch gar zu sehr als Jun—"

„Larifari, Ihr Vater hat Sie mir übergeben, ich bin ihm Rechenschaft für Sie schuldig, verstehen Sie?"

„Aber — was wollen Sie eigentlich von mir?"
Er begann im Zimmer auf und nieder zu schreiten.

„Ich kann doch nicht dafür, wenn mir die Stadtluft nicht bekommt."

„Die Stadtluft? Ei, ei. Seit wann? Seit ein, zwei Jahren. Früher bekam Sie Ihnen sehr wohl. Früher erhielten Sie glänzende Zeugnisse."

„Ach Gott, jeden Tag dieselbe Melodie." Der junge Mensch nahm seinen Hut vom Kleiderrechen.

„So, Sie wollen mir durchbrennen. Sehr höflich von Ihnen, sehr —"

„Was soll ich denn thun? Ich kann Sie doch nicht überzeugen." Seine Stimme klang ruhig, ein wenig belegt, ohne jede Leidenschaftlichkeit. Das brachte sie, die Cholerikerin, noch mehr auf.

„Sie haben etwas Greisenhaftes an sich," rief sie aufspringend, „wenn ich Ihnen Unrecht thue, warum fahren Sie nicht auf und verteidigen sich? Warum sagen Sie mir nicht, wo Ihr Leid, Ihr Gram, was weiß ich, sitzt? Vielleicht könnte man Abhilfe schaffen." —

Bei ihren letzten Worten hatte er, ohne eine Spur von Aufregung, kalt und teilnahmslos eine Verbeugung gemacht, und war zur Thüre hinaus geschritten. Eine weniger gutherzige Frau hätte von diesem Tag an den jungen Menschen ihrer Teilnahme für unwert befunden. Frau Karpfs kampflustige, energische Natur indes gab nichts auf, was sie sich einmal vorgenommen hatte. Und wenn sie schon den Jungen nicht ändern, und seine Trägheit nicht in Eifer verwandeln

6*

konnte, mindestens die Ursache seiner Veränderung wollte sie herausfinden.

Ihrem schlichten geraden Verstande, dem die labyrinthischen Gänge der Menschenseele fremd waren, erschien nur eine Möglichkeit als Bewerkstellerin seiner Umgestaltung: er liebte unglücklich.

Wer weiß wen? Solche unreife Burschen wählen sich meist zu ihrem ersten Ideale irgend eine Frau, ein Mädchen, das durch sozial unüberbrückbare Abgründe von ihnen getrennt ist. Frau Karpf stellte nun die gründlichsten Nachforschungen an. Zuerst durchstöberte sie Adolfs Koffer und Schubladen, um vielleicht irgend einen Brief, eine Photographie zu entdecken, die ihr Aufschluß geben konnte. Aber sie fand nicht die kleinste Spur, die Licht in die Sache gebracht hätte. Er mußte sehr raffiniert zu Werk gehen. — Und doch, wenn ihr Blick wieder auf das Bild fiel, auf dem er mit einigen Kameraden photographiert an der Wand hing, und sie sein hübsches, gradliniges, treuherziges Jungengesicht mit den hellen Haaren und offenen Blauaugen betrachtete, konnte sie nichts Niederes ihm zutrauen.

„Ich werde ihm ein bischen nachsteigen, vielleicht finde ich so die Spuren zu seinem Geheimnis," dachte die resolute Frau. Er hatte, als sie ihm mitteilte, daß sein Vater wünsche, er möge in den Ferien in der Stadt bleiben und „nachstudieren" ordentlich erleichtert aufgeatmet. Nur einen Moment lang war eine Wolke über seine Stirne geglitten. Als der Großvater ihm in knappen Worten mitteilte, daß er nach dem Ärger, den ihm sein Enkel durch das elende Semesterzeugnis bereitet habe, keine Lust empfinde, ihn mit auf den Ärztekongreß zu nehmen, wie er ihm versprochen hatte. Auf diese Reise hatte sich Adolf gefreut. Da sie unterblieb, war es ihm tausendmal lieber hier, statt daheim die Ferienwochen zu verbringen. Er war sehr gerne hier. Da die paar Stunden, die er über seinen Büchern saß, ihm hinlänglich Muße zu den mannigfaltigsten Spaziergängen ließen, so verbrachte er viele Zeit außerhalb des Hauses.

Frau Karpf folgte ihm anfänglich tapfer. Aber seine Wege waren wirklich äußerst harmlose. Er schlenderte mit Kameraden über die Promenade, ging dann und wann nach den Museen, trank im Stadtpark ein Glas Sodawasser und besuchte Freunde, deren Adressen Frau Karpf alle gut kannte, waren doch die meisten der jungen Leute Söhne mehr oder weniger mit ihr verkehrender Familien. Nur in ein Haus sah sie ihn manchmal gehen, in dem niemand ihr Bekannter wohnte. Es war ein kleines, stilles, graues Vorstadthaus, das mitten in einem großen düstern Garten stand. Und das merkwürdige war: erstens kam er fast gar nicht mehr zum Vorschein, wenn er dahinein ging, dann in einem Zustand höchster seelischer und physischer Verworrenheit.

Es lag nach solchem Besuche in dem rätselhaften Haus wie ein schwerer Traum auf ihm, wie ein giftiges

Geheimniß, in dessen Schatten er wandelte. Frau Karpf hatte einmal vollbracht, was nur ein Verliebter, oder eine Mutter thun konnte: sie hatte drei Stunden vor dem Hause auf sein Erscheinen gewartet. Natürlich in einiger Entfernung, daß er sie nicht sah. Aber der Triumph, ihm nun auf der richtigen Spur zu sein, verringerte ihr das Peinliche des Wartens. Zuerst erwog und wendete sie ihre Entdeckung nach allen Seiten hin. Als sie aber wieder und wieder in die Lage kam, endlose Nachmittagsstunden vor dem Hause wachen zu sollen, riß doch der Faden ihrer Geduld. Eines Tages, als sie sich in Adolfs Zimmer etwas zu schaffen machte, sagte sie plötzlich unvermittelt:

"Sagen Sie, Lieben, wer wohnt doch in dem wunderlichen Haus in der Lindenstraße? Ich hörte, die Freimaurer hätten dort ihr Klublokal, ist das wahr?"

Adolf, der an diesem Tage besonders verträumt und in sich gekehrt aussah, war bei ihrer Frage leicht zusammengeschreckt. Aber er faßte sich schnell.

"Ich kann wahrhaftig keine Auskunft geben, wer in dem Hause wohnt," sagte er mit seinem gewöhnlichen müden Tonfall.

Hat der Mensch das Heucheln gelernt, dachte die brave Frau. Na wart, Bürschchen!

Am Abend des nächsten Tages schlenderte er langsam über die Promenade, weiter und weiter. Dreißig Schritte etwa hinter ihm wandelte seine wackere

Wächterin. Noch nie war ihr so aufgefallen, wie gebeugt und mühselig die liebe jugendliche Gestalt ihres Schützlings hinschritt. Es zehrte etwas an ihm. Und dieses zehrende barg das geheimnisvolle Haus in der Lindenstraße. Wer, was, mochte es sein? Was würde sich ihr enthüllen? Es graute ihr vor der Überraschung, die sich ihr bieten würde. Denn heute wollte sie nicht unthätig bleiben, heute mußte sie hinter das Rätsel kommen, koste es was es wolle. Adolf schritt indes langsam weiter. Vor dem grauen Hause hielt er und trat ein. Etliche Minuten später folgte ihm Frau Karpf. Sie ging stracks die paar Stufen im Hausflur hinab, von wo ihr auf weißem Schilde das Wort „Portier" entgegensah, und klopfte. Der Hausmeister erschien.

„Sie wünschen?"

„Bitte sagen Sie mir, — ich suche Jemand, ein Mädchen, das — na, sagen Sie mir kurz, ich bin die Frau Hauptmann Karpf" — sie holte tief Atem, ihr Gesicht brannte unter den mißtrauischen Blicken des Portiers, „wer wohnt alles hier im Hause?"

Er stutzte ein wenig und antwortete zögernd: „Vorne heraus erste Etage Graf Wimpfen, parterre Oberstleutnant von Dorn, im Hinterhaus die lahme Frau Zirngast, über ihr ein älteres Fräulein, eine Malerin, glaub ich."

„Das ist alles?"

„Wir haben nur vier Parteien im Hause." Er sah trotzig auf die Dame herab. „Sie sind jedenfalls irre gegangen."

„Sahen Sie nicht vorhin einen jungen Menschen hereinkommen?"

„Ich habe nicht aufgepaßt."

„Er kommt doch öfter, können Sie sich denken wen er hier besucht?"

„Ich bin nicht da um die Parteien auszuspionieren." Er schlug die Thüre hinter sich zu.

Da stand nun die arme Frau. Der Zorn erstickte sie fast. Wie hatte sie auch vergessen können, dem Hausmeister anders als mit einem Silbergulden in der Hand zu nahen? Sie ging knirschend nach Hause, aber — unverzagter, mutiger denn je.

Adolf verließ wie immer erst nach einigen Stunden das Haus. Er ging geradewegs in seine Wohnung. Als seine Wirtin etliche Minuten nach seiner Heimkunft plötzlich und ohne anzuklopfen seine Thüre aufriß, sah sie ihn lang auf dem Sopha liegen, mit halbgeschlossnen Augen und herabgezognen Mundwinkel vor sich hinträumend.

„Entschuldigen Sie," rief sie, „ich wußte nicht daß Sie schon da sind."

„O bitte," sagte er leise, fast demütig, wie ein Kind, das auf etwas Häßlichem ertappt ist, und richtete sich auf.

Und er hätte sich doch brav ärgern müssen, wenn man ihm so plötzlich ins Zimmer fährt, fuhr es Frau

Karpf durch den Kopf. Wozu diese Demut, wenn er nicht ein sehr schuldiges Gewissen hatte?

Zwei Tage später folgte sie ihm vorsichtig in das rätselhafte Haus. Als er die letzte Treppenstufe erreicht hatte, stand sie bereits auf der ersten. Es war im Hinterhaus. Lina Schorer, stand auf der Thüre, durch die er verschwand. Frau Karpf öffnete behutsam. Ein seltsamer Geruch drang ihr entgegen. Sie zitterte, wollte vorwärts, überlegte aber, und schob vorsichtig eine Falte des schweren grausamtenen Vorhangs zurück, der das Entree von dem anstoßenden Gemach trennte. Und — da erstarrt ihr Fuß, sie vermag keinen Schritt weiter zu thun.

Ein großer Raum, dessen Boden weiche, dunkle Teppiche bedecken. Die Wände sind mit Gemälden behangen, von denen lebensgroße Figuren herableuchten. Es ist eigentlich immer ein und dieselbe Gestalt auf den Bildern: ein Weib. Das Weib, wie die Natur es erschaffen, nackt, herrlich, erschreckend in seiner fremdartigen Blöße.

Bald kauert es in verführerischer Pose, das Haupt und den rechten Arm etwas erhoben, als suche es die höher stehende Gestalt eines imaginären Mannes zu sich herabzuziehen, bald ruht es in steifer Stellung, mit krampfhaft geschloßnen Lidern, wie erstarrt in den Zuckungen zerfleischender Wollust, oder es liegt auf den Knien, die Rückseite des weichmodelierten Leibes dem Beschauer zugewendet.

Diese bläulich-weißen Brüste mit ihren halbzerpflückten Knospen, diese Arme und Beine mit ihren müden Farbentönen und weichen Fleischeindrücken, die von wühlenden Fingern erzählen, diese verzerrten Gesichter mit ihrem Lächeln, das ein Weinen sein könnte, kehren auf jedem Bilde wieder.

Und doch ist jedes eine andere Offenbarung. — —

In der Mitte dieses Sinnenbacchanals steht eine wirkliche weibliche Gestalt von Fleisch und Blut. Sie ist hager, von dünnen, biegsamen Formen. Ein sumpfgrünes weiches Wollkleid hängt um ihren Leib. Sie steht vor einer Staffelei und malt. Ihre Bewegungen sind kraftlos, schleimig könnte man sagen. Dunkles Haar umgiebt in phantastischen Löckchen das fahle Gesicht mit den dünnen blutlosen Lippen und den graugelben Augen, die mit halbem Blick den Bewegungen ihres geschäftigen Pinsels folgen.

Vor ihr, auf einem niedern Tabouret sitzt mit vorgebeugtem Halse und halbgeöffneten Lippen: Adolf. Er sieht zu, wie sie den nackten Rücken einer weiblichen Gestalt malt. Er folgt ihren Pinselstrichen mit starren Augen und den offenstehenden Lippen, zwischen die seine feuchte Zunge geklemmt ist.

„Adolf!"

Die Hände beschwörend aufgehoben stürzt die Frau herein.

Die Malerin tritt entrüstet zurück, der Junge erhebt sich totenbleich.

„Wie können Sie wagen," will er rufen.

„Adolf!" stammelt die alte Dame und faßt ihn am Ärmel, um ihn hinauszuziehen. Da neigt er mit einem bittenden, Entschuldigung erflehenden Blick seinen Kopf vor der Malerin und folgt Frau Karpf. Auf der Treppe zischt er ihr ins Ohr: „Ich thue was ich will, verstehn Sie?" Und am nächsten Tage besucht er wieder das Atelier. —

Die Alternde, die nicht mehr durch einen frischen Trunk ihren Durst zu stillen vermag, und der Junge, der noch nicht den Mut hat, den Becher an die Lippen zu setzen, hier berauschen sie sich beide . . . . . Und er trinkt und trinkt von dem Gifte, das ihm das Weib im sumpfgrünen Kleide reicht . . . .

Keine Drohung vermochte ihn vom Tempel seiner heimlichen Lust zurückzuhalten.

„Kommen Sie selbst," schrieb Frau Karpf Adolfs Vater, „ich kann nichts bei ihm erreichen. Ich fürchte nur . . . . . ich fürchte, daß es auch für Ihr Einschreiten zu spät ist . . . ."

Mili

I.

Sie sitzen einander gegenüber. Die Fenster der Stube sind geschlossen.

Er hat sie vorhin zugeworfen, seither ists lautlos und schwül in dem Raume, selbst ihre Atemzüge schleichen wie Diebe über ihre Lippen.

Und keines von beiden bricht das Schweigen . . .

Nur ihre Augen sind ineinander verkrallt. Die erzählen ihr, wie verzehrend er sie liebt, und ihm, wie sie ihn — fürchtet und — zu hassen beginnt. Sie ihn. Sie, das zarte, junge, graziöse Geschöpf mit dem aristokratisch feinen Gesichtchen, ihn, den wie aus Stein geschlagenen Menschen mit den derben geraden Zügen, der breiten, niedern, von pechschwarzem Haar umrahmten Stirne. . . . Er paßt in diese viereckige, weißgetünchte Stube mit dem plumpen ländlichen Hausrat, sie scheint sich nur hierher verirrt zu haben . . . . . . Und plötzlich erhebt er sich und stürzt zu ihr. Seine Arme umschlingen sie.

„Weib, Weib!"

„Laß mich."

„Mili!"

Er drückt sie in verzweifeltem Ungestüm an sich.

„Was ist denn mit Dir? Rede doch, rede! Seit Wochen bist Du anders, eisig, fremd, abstoßend. Habe ich Dich gekränkt? Habe ich Dich vernachlässigt?"

„Du, mich?"

Sie lächelt.

Das Lächeln einer Frau, die sich ihrem Manne unendlich überlegen fühlt. Ein häßliches, altmachendes Lächeln. Er ergrimmt. In seinen Armen schleppt er sie zu dem schmalen, steinharten Sofa unter dem Spiegel und zwingt sie auf seinen Schoß nieder.

Seine grobknochigen Hände haben ihr wehe gethan. Sie preßt die Lippen zusammen.

„Mili, rede!"

„Nicht bevor Du mich losläßt."

„Ich laß Dich nicht."

Sie macht noch eine vergebliche Anstrengung von ihm loszukommen, und bricht in Thränen aus.

Seine Lippen suchen ihre Augen. Mit einer Geberde des Abscheus beugt sie den Kopf zurück. Sie weist seine Liebkosung von sich. Fürchtet sie etwa — Treubruch an einem andern zu begehen? Der Mann knirscht die Zähne zusammen. Aber wo, wann, wie, wer? Er umfaßt ihren Leib mit eisernem Griff, als könne er ihm ein Geständnis erpressen.

„Du thust mir ja weh."

„So?"

„Und Du hast kein Recht, mir weh zu thun."

„So?"

„Denn — ich hab Dich nicht mehr gerne." Von seinen Armen umschlossen sagt sie's ihm.

Darauf Schweigen, langes, tiefes..... Und nach einer Pause, wie aus weiten Fernen, bringt's über seine Lippen:

„Ein anderer?"

Sie nickt stumm.

Da endlich läßt er sie los. Sanft, ruhig, wie einen Gegenstand, den man gefaßt hielt, und wieder zurückstellt auf seinen alten Platz. Er erhebt sich und öffnet die Fenster. Ströme erfrischender Luft brechen herein. Er sieht ins Dunkel hinaus.

„Gute Nacht."

Die Thür zum Nebenzimmer hat sich hinter Mili geschlossen. Sie ist schlafen gegangen.

„Nach gethaner Arbeit ist gut ruhen," murmelt er mit erstickter Stimme, reißt seinen Hut vom Nagel, und stürmt fort.....

Er ging weit, bis dorthin, wo der Ort mit seinen paar erleuchteten Fenstern längst nicht mehr sichtbar war. Das gewaltige Massiv des Brandriedels erhob sich vor ihm in die Lüfte, und dahinter tauchten in weißer geisterhafter Blaßheit die silbernen Zinnen des Dachsteins auf. Die Sterne schienen auf ihnen zu ruhen. Christophs Augen blickten hinüber.

Die Berge, die alten treuen Gesellen! Die treuen Gesellen! Warum hatte er doch außerhalb dieser stets gleich bleibenden Freunde einen Hort gesucht? Er, der Bauernsohn, die harten Hände nach atlassenem Glücke ausgestreckt? Da oben, zweitausend Fuß über Schladming, auf der schrägen Bergwiese, hatte sein elterliches Anwesen gestanden. Christophs Vater, ein Bauer, blutarm, starrnackig, war der Sprößling einer jener Protestanten=Familien, die im siebzehnten Jahrhundert, aus Deutschland flüchtend, sich hier in der Gegend angesiedelt hatten. Christoph war das einzige Kind seiner Eltern. Der Vater hatte ihn katholisch taufen lassen, weil er wollte, daß die Verfolgungen, unter denen er selbst einst zu leiden hatte, dem Sohn erspart blieben.

Die Schule lag drei Stunden von ihrem Hofe entfernt. Wenn der kleine Bub Winters in seinen armseligen dünnen Kittel gehüllt durch die Schneehalden hinschritt, begann er sich damit zu zerstreuen, daß er über allerlei nachgrübelte. So, warum er in eine andere Kirche als sein Vater gehen mußte, warum sie so schwer zu Brot kämen, warum sie auf der Höhe hausten, indes im Thal alles viel bequemer zu haben war. Diese Gedanken teilte er seinem Vater mit.

Der aber antwortete: „Tolpatſch, ich hab keine Zeit, Maulaffen feil zu halten, mach daß Du an die Arbeit kommſt."

Und der Knabe zergrübelte ſein armes junges Gehirn über alle dieſe Dinge. Ein brennender Durſt nach Wiſſen, nach Kenntniſſen verzehrte ihn innerlich. Eines Tages flüſterte er ſeiner Mutter ins Ohr: „Du, ich möcht ein G'ſtubierter werden."

Die Mutter lachte. „Warum denn?" Das konnte er ihr nicht auseinanderſetzen, aber innerlich wußte ers. Weil er dann die immer brennender werdende Frageluſt ſeines Geiſtes zu befriedigen hoffte.

Der Vater ſuchte den Drang des Knaben durch Prügel zu erſticken. Aber bei dieſem Charakter waren Schläge nur ein Anfeuerungsmittel mehr, das Gewollte noch kräftiger zu begehren.

Eines Tages war Chriſtoph verſchwunden. Er hatte ſich nach Salzburg aufgemacht. Dort ſuchte er einen Mann auf, der im Sommer oftmals mit ſeiner Botaniſierbüchſe auf dem Rücken bei ihnen eingekehrt war, um einen Schluck Milch zu nehmen. Sein Name war im Gedächtnis des Knaben haften geblieben. Zu ihm flüchtete Chriſtoph und ſchüttete ihm ſein Herz aus. Der Botaniker war Dozent, und hatte ſelbſt kaum genug zu beißen. Aber der kleine Kerl rührte ihn. Er verſprach, ihm zu einigen Freitiſchen zu verhelfen und das Schulgeld zu bezahlen. Mit dieſen Ausſichten kehrte Chriſtoph jubelnd zu ſeinem Vater zurück. Als dieser vernahm, daß jener Menschenfreund sich des Jungen annehmen wolle, willigte er in dessen Übersiedlung nach Salzburg ein. Christoph wurde nach einer gut bestandenen Prüfung am Gymnasium aufgenommen. Die nun folgenden Jahre verstrichen ihm unter rastlosem Studium. Vater und Mutter starben und das Anwesen wurde um eine geringe Summe verkauft. Sie bildete das Kapital, von dem Christoph nun zehrte, denn sein Gönner hatte sich unterdessen verheiratet, und konnte ihn nicht mehr unterstützen. Als das kleine Vermögen zur Neige ging, bezog er die Universität. Er hatte keine Vorstellung, wovon er nun leben würde. Beim Militär hatten sie ihn, seiner Kurzsichtigkeit wegen, zurückgestellt. Seine Studien abbrechen, jetzt, wo er denselben so viele Jahre geopfert hatte, mochte er nicht. Zweimal hätte er eine gute Hofmeisterstelle erhalten können, aber er besaß keinen ganzen Anzug, um sich der Frau des Hauses vorzustellen. Einmal, in einem Kolleg, stürzte er ohnmächtig zusammen. Er hatte seit drei Tagen keinen Bissen zu sich genommen. Der Professor ahnte den wahren Sachverhalt. Er nahm sich Christophs an. Wozu dieses lange Studium, bemerkte er, das schließlich zu einer Dozentur führte, bei der er verhungern konnte. Christoph entschloß sich, der wissenschaftlichen Laufbahn, die für ihn alles Glück bedeutete, zu entsagen, und sich der Pädagogik zuzuwenden. Den Bemühungen seiner Freunde gelang es, ihm die Stelle als Schullehrer hier zu verschaffen.

Die Kinder lernten gut bei ihm, liebten ihn aber nicht. Der „schwarze Lehrer", wie sie ihn nannten, hatte so lange seine Thränen nach innen geweint, bis seine Augen das Weiche, Gütige verloren hatten. Ein Mensch mit heimlich groß gezogenen Idealen in der Seele und dazu verdammt, sein Leben lang Schulmeisterdienste zu verrichten!

In herber Abgeschlossenheit, einer von den ganz Einsamen, war er auf seinem Lebensweg weitergegangen, bis eines Tages .... was denn?

Der Spaziergänger wandte sich rasch um. Ein Frostgefühl hatte ihn gepackt.

Er strebte wieder dem Ort zu. Die große schweigende Finsternis um ihn her erfüllte ihn auf einmal mit Schrecken. Wie ein scheuender Hengst rannte er querfeldein dem Häuschen zu, hinter dessen Mauern sein blondes Weib ruhte. In diesem Augenblicke liebte er sie so sehr, daß er sie hätte erwürgen mögen. —

Das Schlafzimmer war unverschlossen. Er trat ein, zündete eine Kerze an, und schlich an ihr Lager.

Wie schön war sie! Ein Kindergesicht mit zärtlichen, weichen Zügen, goldne Löckchen über der Stirne, unter der die blauen Augen, von schwarzen Wimpern behütet, schliefen. Ja, ja, sie war zu hold, zu licht für ihn. Teufel, heute zum erstenmal kam ihm dieser Gedanke. Wie ein häßlicher Wurm kroch er von den Rosen ihrer Schönheit zu ihm hinüber und saugte sich fest an ihm.

Er legte die Hand auf ihren Kopf.

„Du, Mili! Mili, hörst Du?"

Sie atmete tief auf, reckelte sich ein wenig, und öffnete erschreckt die Augen.

„Du?!"

„Nur — ich. Hm. Du, Mili!"

„Warum gehst Du denn nicht schlafen?"

Er setzte sich auf den Rand ihres Bettes. Sie rückte schnell auf die Seite.

„Du hör einmal, wie ist das eigentlich nur gekommen?"

„Ach, schon wieder —"

„Nein, nicht das Letzte. Das Erste. Das Letzte mußte kommen, aber das Erste ist doch so unbegreiflich.."

„Was meinst Du denn? Ach geh doch schlafen.."

„Ja, später. Vorerst will ich das wissen."

„Aber ich ahne ja nicht...."

„War ich derjenige, der seine Blicke zu Dir erhob. Habe ich meine Hand nach Dir ausgestreckt?"

„Wer denn?"

„Du lügst!" Seine Stirne überflog ein glühendes Rot. „Siehst Du, Du lügst. Du hasts gethan, Du tratest mir so lange in den Weg, bis ich Dich aufheben, oder — zertreten mußte."

„Du — mich!?"

„Trotzdem ich nur der schwarze Lehrer bin, und Deine Mutter die Gräfin Salbern war. Du hast nach mir —. Weißt Du, vorhin ist mir die ganze Wahrheit aufgegangen. Du warst neugierig, Mädchen! Deine Seele stellte sich auf die Zehen und wollte durchaus in die meinige sehen. Hinter schweren Gittern hast Du sie erblickt, nicht deutlich, etwas Bleiches, Unbestimmtes, das deine Phantasie reizte. Da strecktest Du die Arme nach ihr, und — sie zerbrach das Gitter, und wurde Dein. Draußen in der Freiheit, beim vollen Tageslicht gefiel sie Dir nicht mehr. Ist's so?"

„Nein."

„Wieso nicht?"

„Wer hat mich drüben im Gehölz beim Kopf genommen und geküßt? Mußte ich da nicht Deine Werbung annehmen?"

„Hahaha! Und wer begegnete mir so oft im Tage, so oft als ich ausging? Und wer dankte mir immer freundlicher auf meinen Gruß? Und wer fing eines Tages, als ich mich in höflich kühlen Worten nach dem Befinden seiner Mutter erkundigte, bitter zu weinen an, klagte über seine Einsamkeit, und bat mich doch hinüber zu kommen. Und dann, dann an ihrem Sarge . . . wer warf sich da an meine Brust?"

„Fahre doch weiter fort." Sie richtete sich mit aufglühenden Wangen empor. — „Wer ließ sich einmal sein Gehalt auf ein halb Jahr vorausgeben, um die beiden Frauen vorm Hungertod zu schützen —"

„Ach das war, als Du schon — findest Du es übrigens vornehm, Dich und mich an das zu erinnern?"

„Nicht unvornehmer, als daß Du mich in der Nacht aufweckst, um mir zu sagen, daß ich eine... eine..."

„Mili!"

Sein herrischer Ton machte sie stocken.

„So lange Du hier bist, dulde ich kein Schmutzwort in Deinem Munde, verstanden?"

Sie begann, den Kopf in die Kissen wühlend, zu weinen.

„Ich mußte Dir durch angeführte Thatsachen beweisen, daß nicht ich die Schuld an dem Unglück Deiner Ehe trage, sondern Du. Du hast Dich in meine Arme gelegt, und ich schloß sie, weiter nichts."

„Du wußtest mehr als ich."

„Was heißt das?"

„Du hättest mir sagen müssen, daß ich — ich weiß nicht, daß wir doch nicht zusammentaugen — —"

„Ich hätte Dich zu meiner — nicht heiraten hätte ich Dich sollen, meinst Du? Warum denn nicht? Hier kannte ja niemand Deine Familie. Dein Bruder sitzt zwar wegen Wechselfälschung im Zuchthaus —"

„Ach — —"

„Deine Mutter lebte von den Almosen, die reiche Verwandte Euch zuwarfen, damit Ihr ihnen nicht in den Weg tratet......"

„Gott, ich sterbe —"

Die junge Frau wollte aufspringen.

„Bleib hübsch ruhig, mein Kind."

Er drückte sie in die Kissen zurück.

„Ich bin gleich fertig; es ist nötig, daß ich Dir das alles sage — aber trotzdem schämte ich mich nicht, die Tochter der Bettelgräfin, die alljährlich hierher kam, zu meinem Weibe zu erheben."

„Ich kann Dir nur eins sagen —" Mili trocknete sich das nasse brennende Gesicht mit ihren Haaren, — „Du bist ein Bauer."

„Aber ein sehr stolzer, Komtesse, und — zu einander taugen thun wir deshalb doch, denn — wir beide zogen am selben Joch: der Not."

„O ich bin deshalb nie gemein geworden."

„Und ich nur einmal: als ich mein ehrliches stolzes Bauernblut mit dem der Tochter einer verlotterten Gesellschaftsklasse vermischt habe."

Er erhob sich. Schlafen gehen? Nein.

Er trat ins Nebenzimmer, warf die Thür hinter sich ins Schloß, und schritt auf und nieder. Es war das erste Mal, daß er seine schwere Hand auf das Haupt seines jungen Weibes gelegt hatte. Aber es war notwendig gewesen. Vielleicht trug es dazu bei, sie von ihren Kindereien zu heilen. Denn nur eine solche konnte die plötzliche Entdeckung ihrer Liebe zum „andern" sein.

Sie beide, Christoph und sie, waren ja so zusammengeschmiedet durch Leid und Freude, durch Stunden des Glückes, der Verlassenheit, daß ein plötzliches Zereißen dieser Bande ganz undenkbar war. In ihrem

Kinderköpfchen tauchte der „andere" auf. Wer konnte es denn sein? Der junge Kaplan nicht, der war weder schön, noch anziehend, noch kümmerte er sich um Frauenzimmer. Der Notar war Vater von sechs Kindern, und häßlich dabei, der Bezirksrichter den Sechzigen nahe; die zwei Schreiber waren noch unreife Knaben, der eine überdies verlobt. Sollte es der dicke Schlächter sein, oder der Sonnenwirt mit dem Kropf? Christoph lächelte. Es war eine große Dummheit von ihm gewesen, sich auch nur einen Augenblick von ihrem Geständnis aufregen zu lassen. Sie war eben kaum Zwanzig alt. In diesen Jahren geht die Seele gern abenteuern. Hier wars augenscheinlich nur in der Einbildung geschehen.

Christoph war vierzehn Jahre älter als sie, aber er dünkte sich ihr tausendmal überlegen. Er war gehärtet im Feuer des Lebens, das sie trotz ihrer zerrütteten Verhältnisse verschont hatte. Er hielt einen Augenblick in seinem Wandern inne. Da vernahm er ein Schluchzen aus dem Nebenraum. Er stieß die Thüre auf, und stürzte an ihr Lager.

„Mili! Mili! Mili! Du Thörin!"

II.

Am Morgen schritten sie miteinander hinaus. Es war noch früh, und der Tau lag in blitzenden Perlen auf den Gräsern, die fröhlich in den Gassen wucherten. Sie besorgte ihre paar kleinen Geschäfte, und er ging seinen gewohnten Weg zur Schule. Vor dem Schulgebäude, eben als er ihr einen Kuß auf die Stirn drückte, erblaßte sie plötzlich, und machte einen Schritt nach vorwärts, als ob sie davoneilen wollte. Er schaute sie verwundert an, ein Schatten, den er gebannt glaubte, flog über seine Stirne.

Wer ging hier vorüber?

Christoph hatte niemand gesehen. Sie bemerkte seine suchenden Blicke. Ein Blitz der Schadenfreude flammte in ihren Augen auf. Es war nur ein Hund gewesen, der an ihr vorbei lief . . . . .

Nachmittag gingen sie hinauf nach der Ramsau.

Es war ein herrlicher Herbsttag, klar, kühl, und der Himmel so durchsichtig, daß man die Sterne knospen zu sehen meinte. Oben im Walde, hinter dem die bleichsilberne Spitze des Dachsteins sichtbar wurde, setzten sich die beiden ins Gras. Mili öffnete ein Körbchen und ließ daraus goldbraune frische Äpfel in ihren Schoß rollen. Beide labten sich an den köstlichen Früchten, sahen ins Blaue und redeten inhaltsloses Zeug. Sie versuchten zu thun, als ob es kein Gestern gegeben hätte, und doch saß die Thatsache dieses Gestern in ihren Seelen.

Warum legt sie mir nicht die Arme um den Hals und sagt mir ein liebes Wort, dachte er, sie von der Seite anblickend. Alles war Geschwätz, soll sie sagen und ich hab Dich lieb wie vor zwei Jahren, da ich Deine kleine Frau wurde.

Aber sie machte keine Bemerkung, die auf ähnliche Vorsätze in ihr schließen ließ. Sie hatte heute trotz ihrer gewöhnlichen Grazie, ihrer Beweglichkeit etwas Hölzernes, Starres an sich. So etwas wie der Mechanismus, den eine unkundige Hand aufgezogen hat. Das fiel Christoph auf. Und es war das erste Glied in einer Kette häßlicher Folgerungen.

Es begann jener Zustand für sie beide, wo der ganze Mensch unter eine Maske kriechen zu müssen glaubt, um sich zu verbergen. Zwei Verlarvte standen sich hier gegenüber; er lächelte, während es in ihm weinte, und sie bemühte sich eine grenzenlose Ratlosigkeit, den Glanz eines irgendwo in ihr ruhenden Glückes zu verbergen. —

Wolken stiegen aus den Klüften der Berge auf, und legten sich über die Sonne. Es wurde kühl. Von unten herauf klang der Ton einer Vesperglocke.

Mili spielte zerstreut mit einigen ausgerissnen Blumen. Sie wußte nicht wovon sie reden sollte. Bei dem harmlosesten Wort, das sie sprach, sah er sie mit angehaltenem Atem an, als ob nun weiß Gott welch wichtige Mitteilung folgen würde.

„Wollen wir gehen?" sagte sie nach einer Weile.

Er fuhr sich über die Stirne.

„Ja, gehen wir."

Sie gingen. Er ein Stückchen hinter ihr. Es war ihm bei jedem Schritte, als ob ein Erdklumpen von zentnerschwerem Gewicht an seinen Füßen hinge.

Einen Feind sehen, und ihn bekämpfen, ist kinderleicht, aber nur die Nähe eines solchen spüren, und nicht kämpfen können unerträglich.

Er machte einen großen Schritt, und war an ihrer Seite. Er sah ihr kummervoll in die Augen. Sie lächelte. Es war nur eine Muskelverzerrung.

„Du bist heute so merkwürdig."

„Du nicht minder."

„Lauf doch nicht so. An was denkst Du denn? Es liegt so viel Rätselhaftes in Deinem Gesichte. Bist Du nicht die Alte mehr?"

„Ach laß doch das Bohren und Raten."

„Aber . . . ich hab Dich ja lieb."

„Ja, ich glaubs Dir. Du liebst aber so . . . mühselig."

„Wie?"

„So mühselig, so mit schwerem Atem und arbeitender Brust. Das habe ich schon oft gedacht. Man kann sich ja gern haben, ohne die Finger auszuspreitzen, und die Augen wie bohrende Schwerter in die Seele des andern zu versenken. Eine Last ist Dir, was andern eine Schwinge."

„Mühselige Liebe, hm. Weißt Du, an mir ist alles mühselig."

„Ja, wie Dein Gang. Immer, als ob Du irgendwo hinaufklimmtest."

„Das ist uns Gebirgsmenschen so eigen; aber es ist besser, ein Mensch ist zu schwer als zu leicht. Denke nur, dann blieben alle tiefen Gedanken unbehoben, alle schweren Werke unvollbracht."

„Ich liebe das Leichte —"

„Das Oberflächliche."

„Das Schwebende, kaum Berührende . . ."

„Ja, ja, ich weiß."

Es fiel ihm ein, daß gerade diese unbekümmerte, flügelleichte Art zu denken, sich zu geben, ihn an ihr entzückt hatte. Das heißt, den Bauer in ihm, der sich seiner Schwerfälligkeit bewußt war. Heute ärgerte es ihn. Sie war so schwierig zu fassen. Ihre Seele tanzte ihm unter den Händen davon. Er hätte ihr die Flügel brechen müssen, und das wollte er nicht. Wer mehr wie er liebte Schwingen, wer mehr wie er das Hinauftragende? Freilich, das Gaukeln des Schmetterlings ist ein anderes Fliegen als das des Adlers. In die Wolken sich erheben, oder von Blume zu Blume taumeln, ist ein Unterschied. O er betete insgeheim zu der Kraft des Hinaufbringens. Er mit seiner armen, zu Boden geschlagenen Seele.

„Ja, ja, mühselig," murmelte er, die Treppe seines Häuschens emporsteigend.

Oben in ihren Stuben wurde gefegt. Ein robustes Bauernweib, das Mili die schwersten Hausarbeiten verrichtete, kauerte am Boden mit Bürste und Seifenwasser. Neben ihr tönte ein leises Gewimmer. Mili sah sich um.

„Wer weint denn da?"

Aus der Ofenecke gukte ein kleines Büblein hervor, die roten Fäuste unter die thränende Nase gepreßt.

„Was hast Du denn angestellt, armer Bub?"

„Prügel hat er kriegt, weil er mit die neugen Stiefel in Morast treten is," warf die Mutter hin.

Hie und da nahm sie den kleinen Bengel mit in die Häuser, in denen sie arbeitete.

„Mir san Beeren suchen gangen . . ."

„Und dabei habt Ihr die kleinen Wassertümpel im Wald übersehen, mein Gott, das ist kein Unrecht, dafür hättest Du nicht Haue verdient, armer kleiner Kerl."

„Ganz recht gehandelt Leni."

Hinter Mili war Christoph eingetreten.

„Wer über seiner Naschsucht den richtigen Weg verfehlt, soll gestraft werden."

Auf Milis Lippen schwebte ein Wort, aber sie unterdrückte es.

„Du weißt ja nicht, obs gerade Naschsucht war," warf sie hin, „es kann auch Freude an den schönen roten Beeren gewesen sein."

„Dann um so strafbarer. Wegen schöner roter Beeren ein erhaltenes Gebot übertreten, — ich würde meinen Sohn viel härter bestrafen."

„Du hast keinen."

Er zuckte zusammen.

Sie ging ins Nebenzimmer, warf sich auf einen Stuhl, und drückte den Kopf in die Hände.

Grenzenlose Wut gegen diesen Mann ergriff sie. Aber auch grenzenlose Wut gegen sich selbst. Denn er, das mußte sie sich gestehen, er hatte sich nicht verändert. Er war derselbe herbe, finstere, und in seiner finstern Wildheit so gewaltthätig liebende Mensch geblieben. Aber sie hatte sich verändert.

Seit . . . .

Er wurde ihr von Tag zu Tag unausstehlicher. Was früher ihre mädchenhafte Neugierde gereizt, erfüllte sie jetzt mit Abscheu. Er war eben so erdbebenhaft in seiner Leidenschaft, wie sie ihn geträumt hatte, aber eines Tages war ihr bewußt geworden, daß diese Äußerungen eines ungestümen Temperaments den Beigeschmack des Gemeinen, Widrigen für sie besaßen.

Eine andere Musik hatte sich ihrer Seele bemächtigt. —

Giebt es ein größeres Unglück für die gegen ihren Gatten erkaltete Frau, als dessen Tadellosigkeit? O diese verwünschte Tadellosigkeit! Mili ballte die Hände zusammen. Sie haßte diese geraden großen Linien seines Charakters. Groß waren sie, trotz seines niedern Herkommens, seiner ungelenken Gestalt, seiner in vielen Dingen bäuerischen Instinkte. Das Gepräge des Edlen drückten ihm die auf, die ehmals wie heute seine geistige Nahrung bildeten. Wenn ihn ein Kummer quälte, griff er zu einem der Bücher, die er in einer Ecke des Schlafzimmers verwahrt hielt. Sokrates und Seneca, oder der große Florentiner halfen ihm über die Gedrücktheit seiner Stimmung hinweg. Das hatte Mili oftmals im Geheimen beobachtet und bewundert. Sie hatte vieles an ihm bewundert. Auch jetzt noch würde sie es thun, wenn er — nicht ihr Mann wäre. Er hatte einmal zu ihr gesagt: Eheleute müssen immer wahr gegen einander sein. Nun wohl. Gestand sie ihm nicht jüngst: Ich liebe einen andern? Wahrer konnte sie nicht sein. Aber ihr Bekenntnis hatte, wie es schien, wenig Eindruck auf ihn gemacht. Was sollte sie nun beginnen? Warum glaubte er ihr nicht? Es mußte doch so einfach für einen Menschen klingen, wenn ihm ein Zweiter sagt: Du, in mir ist eine Veränderung vorgegangen, ich sehe Dich heute anders als gestern. Ich habs nicht beabsichtigt, nicht gewollt, es kam so über mich, auf einmal . . . .

Mitten in dieser Erwägung ihres naiven Kinderverstandes öffnete sich die Thüre, und er, mit dem sie sich beschäftigte, trat ein.

„Mili, laß Dir gesagt sein, solche leichtfertige Anschauungen taugen nicht für die Frau des Schullehrers. Sprich sie nicht aus."

Er stellte sich, die Hände über die Brust verschränkt, vor sie hin.

„Mein Gott, welche Engherzigkeit!"

„Du denkst ja gar nicht so. Du kehrst jetzt ununterbrochen die Leichtfertige heraus, ich weiß nicht warum. Eine Frau muß immer positiv bleiben, sonst — sinkt sie."

„O ja. Aber sie kann die eine Positivität mit einer andern vertauschen."

„Das verstehe ich nicht."

„Siehst Du, du verstehst mich auch nicht mehr."

Er runzelte die Stirne.

„Auch nicht mehr. Laß doch diese Kindereien, sie bringen uns um die paar lichten Stunden unseres Lebens."

Die junge Frau sprang erregt auf.

„Wie muß man Dir denn kommen, daß Du einen verstehst?"

Er blickte sie ruhig an.

„Was heißt das?"

Sie zuckte ungeduldig die Achseln, lief zu ihrem Schrank, riß Hut und Handschuhe hervor, und eilte, im Hinabgehen ihre Toilette beendend, fort.

So ungestüm hatte er sie noch nicht gesehen. Es mußte doch etwas Besonderes vorliegen.

Er ging ihr nach. Sie flog wie ein seiner Haft entflohener Vogel dahin. Durch den Ort durch, dann eine steilansteigende Bergstraße hinan. Plötzlich stockte ihr Fuß wie angewurzelt. Ein Hund kam ihr entgegen, hinter ihm, eine leichte Flinte über die Schulter geworfen, ein junger Mann. Bei ihrem Anblick prallte er zurück, und starrte sie an. Erst nach einigen Sekunden fiel es ihm ein, zu grüßen. In diesem Augenblick stand hoch, finster, drohend Christoph neben ihr. Der Jäger schritt vorüber.

Sie wandte sich langsam, dem Zusammenbrechen nahe, dem Rückweg zu. Christoph sagte kein Wort. Stumm schritten sie nebeneinander hin. Bei ihrem Hause blieb er stehen. Als er sich überzeugt hatte, daß sie hinaufgegangen war, und die Thüre hinter ihr ins Schloß fallen hörte, wandte er sich wieder dem Ort zu.

In seiner Tasche befand sich ein Schlagring. Er steckte seine Finger durch die Öffnungen, und ging leise pfeifend vorwärts. Unterdessen war es Nacht geworden. Christoph schritt einsame Wege dahin. Der, den er suchte, war weder der Vikar, noch der alte Bezirksrichter, noch sonst einer aus dem Ort.

Es war der junge Baron Kranzingk, dessen Vater halbwegs Pichl, dem nächsten Ort, ein im tiefen Wald gelegenes Jagdhaus besaß. Hier versammelten sich alljährlich im Hochsommer lustige Gesellen, darunter auch dieser Sohn. Er hieß Ferdinand, weiter wußte Christoph nichts von ihm. Aber heute würde er mehr erfahren.

Seine Finger bohrten sich heftiger in den Bleiring.

Die verschiedenartigsten Empfindungen tauchten in ihm auf, und verschwanden blitzschnell wieder. Es waren rote entsetzliche Gedanken, hinter denen die Vernunft mit der Peitsche einherlief. Hie und da glühten ihm ein Paar feuriger Augen aus den Ästen entgegen, drang der schrille Angstlaut eines Vogels auf, den der nächtige Wanderer aus seiner Ruhe störte. Und er: Weiter, weiter. Ohne zu überlegen, zu welchem Abschluß dieser Gang führen würde. Blindlings weiter, weiter. Instinktiv schlug er die kürzesten Pfade ein. Nur eins ließ ihn manchmal seine Schritte innehalten. Wenn ihn aufs neue die Vorstellung packte, was für ein unbeschreiblich alberner Mensch er gewesen war. Hatte da auf den kropfigen Sonnenwirt, und den kinderreichen Richter geraten, statt das Nahe, das Nächstliegende zu ahnen. Gleich und gleich —— —

Da lag das Haus.

Dunkel die Fenster. Teufel, wenn der Vogel, den er suchte, ausgepflogen war? Christoph stürmte durch das offenstehende Gitterthor in den Hof. Der Kettenhund begann wütend zu bellen. Die Hausthür wurde aufgerissen, und ein Diener, eine Laterne in der Hand, stürzte er heraus.

„Ah — der Herr Lehrer! Ich␣bacht, die␣Herrschaften kämen . . ."

„Ist niemand zu Hause?" stieß Christoph atemlos hervor.

„Nein, niemand. Was — könnt ich ausrichten Herr Lehrer?"

Der alte Mann leuchtete befremdet dem Aufgeregten in das bleiche Gesicht.

"Ausrichten? Nein, das muß ich selbst besorgen. . ."

"Sie können jeden Augenblick kommen, der junge Herr meinte eben, sie würden wahrscheinlich den letzten Zug, der um sieben Uhr von Salzburg abgeht —"

"Was? Was reden Sie da eigentlich alles?"

Christoph faßte mit beiden Händen nach seinem Kopfe.

"Wer kommt, welcher "junge Herr" meinte?"

"Nun der junge Baron. Der Herr Vater sind mit den Exzellenzen —"

"Er . . . . der junge Herr Baron ist also zu Hause . . . warum sagten Sie doch vorhin —"

"Ich denk, Sie wollen mit die alten Herrschaften —"

"Nein, nein, gerade mit dem jungen Herrn Baron, — bitte melden Sie mich schnell, — er wird mich doch empfangen . . ."

"Das weiß ich nicht. Aber melden will ich Sie, Herr Steinach."

Der Alte trat ins Haus, von Christoph auf der Ferse gefolgt. Nachdem der Diener an eine Thüre geklopft, und auf ein Herein dieselbe behutsam geöffnet hatte, war Christoph schon hinter ihm eingetreten, und befand sich im Gemach.

Auf einem dunklen Ledersofa lag ein junger Mensch von ungefähr zweiundzwanzig Jahren. Dichtes hellbraunes Haar fiel ihm um die weiße Stirne, unter der zwei sanfte freundliche Augen hervorblickten. Er besaß zarte Züge, von fast mädchenhafter Schönheit. Bei Christophs unvermuteten Eintritt richtete er sich lässig auf. Ein leichtes Rot überflog sein Gesicht.

„Christoph Steinach, Lehrer von hier," sagte der Eingetretene in hartem Tone. Dann blickte er mit zitternden Nüstern den Diener an, der verblüfft über das seltsame Gebahren des Lehrers an der Thüre stehen geblieben war.

Der Baron winkte ihm leicht mit den Augen, worauf er sich entfernte.

Christoph stand hochaufgerichtet in der Mitte des Gemachs.

„Dürfte ich bitten sich niederzulassen," sagte Ferdinand, ohne sich zu erheben, auf einen Sessel deutend.

Christoph krallte seine Blicke in die des jungen Mannes ein. Dessen unerwartete Ruhe setzte ihn in Verwirrung. In seiner Phantasie hatte er Donnerschläge vernommen, die Wirklichkeit ließ ihn die melodische Stimme eines gelassnen Menschen hören, der ihn fast freundlich zum Sitzen einlud.

Der Lehrer rührte sich nicht von der Stelle.

„Wissen Sie weshalb ich hier bin?" rang es sich keuchend aus seiner Brust.

„Das kann ich mir ungefähr denken," nickte der Baron. „Sie sind als phantastischer Mensch bekannt."

Christophs Finger umklammerten den Schlagring.

„Was meinen Sie damit?"

Seine Augen begannen zu funkeln; er trat einen Schritt näher auf Ferdinand zu.

„Ich meine damit," sagte der Baron nachlässig, „in Parenthese bemerkt, eine höchst komische Situation, in die Sie mich da bringen, beinahe unmöglich ernst zu bleiben, aber — blicken Sie mich immerzu wütend an, ich — ich meine damit, daß der Gatte der Frau Steinach, gebornen Gräfin Salbern nicht Grund hat, Aufklärungen von — irgend jemand in der Welt über seine Frau zu fordern."

„Verstehe ich Sie recht?"

„Sie wären zu bedauern, wenn Sie mich anders verständen."

„Seit wann kennen Sie sie?" fragte Christoph mit unwillkürlich gemäßigterer Stimme. Die Ruhe des jungen Mannes gab ihm die eigne zurück.

Um Ferdinands Brauen glitt ein Zug des Unmuts.

„Wer giebt Ihnen das Recht, solche Fragen an mich zu stellen?"

„Recht? Das Wort wagen Sie auszusprechen?"

Der Baron erhob sich und trat auf Christoph zu. Er war um einiges höher als dieser.

„Herr, ich habe nicht Lust Komödie zu spielen. Fassen Sie sich kurz, wenn ich ersuchen darf. Was wünschen Sie von mir?"

„Wozu die Frage?"

„Ich bin kein Junge, der sich von einem andern Jungen examinieren läßt . . . ."

„Ich wäre der erste nicht, den eine Circe in einen Esel verwandelt hat," sagte Christoph, mit Anstrengung auf den leichten Ton des Barons eingehend. „Sie erlauben sich, meine Frau mit Liebesgeständnissen zu verfolgen —"

„Ich muß bitten, Ihre Vermutungen für sich zu behalten —"

„Vermutungen? Ich, der ich täglich um meine Frau bin, erkenne zu deutlich die Veränderung, die mit ihr vorging, um bloße Vermutungen zu hegen. Sie hat ihr heiteres glückliches Wesen verloren —"

„Das erkennen und sie zwingen, in ihr unerträglichen Verhältnissen weiterzuleben, hieße ein Elender sein."

„Dann wären auch Sie einer, denn ich weiß, Sie würden an meiner Stelle handeln wie ich."

„Wie handeln Sie denn?" fragte Ferdinand mit eisigem Lächeln.

„Das sollen Sie hören, wenn Sie mir Rede auf meine Frage stehen."

„Was wollen Sie wissen?"

„Wie weit die Beziehungen zwischen Ihnen beiden gehen," stieß er kurz heraus.

„Sie Narr," rief der Baron zornig, „meinen Sie, daß Sie, wenn ich etwas zu verschweigen hätte, die Wahrheit erführen? Meinen Sie, daß ein Mann das Weib, dem er Dank schuldet, verrät?"

„Wenn er sie dadurch für immer gewinnen kann, warum nicht?"

„Ah, ich verstehe. In jenem Falle —"

„Sie verstehen," unterbrach Christoph ihn rauh. „In jenem Falle würde ich sagen: heiraten Sie sie auf der Stelle, oder ich schieß Sie wie einen tollen Hund zusammen."

„Im andern Falle —"

Der Lehrer schwieg.

„Behalten Sie sie lieber für sich," ergänzte Ferdinand seinen Satz mit leichtem Spott. „Nun — behalten Sie sie, behalten Sie sie."

Der Mann begann ihn zu dauern. Er schien ein großes Kind mit den Instinkten eines Waldtieres zu sein. Etwas Zwingendes ging von ihm auf Ferdinand über, und packte dessen weiche sensible Natur. Der Mensch da kämpfte um sein Glück, sein einziges wahrscheinlich. Er besaß ein älteres Anrecht an sie, Ferdinand freilich das höhere: ihre Gegenliebe. In jedem Moment konnte er als Sieger den andern vernichten. Aber er war kein Urmensch, der mit der steinernen Keule in der Faust um das Weib seiner Neigung stritt. Nein, nein. Heutzutage schlichtet man mit List, nicht mehr mit Gewalt. Nur keine Szenen! Und dieser Wilde hier schien nicht übel Lust zu haben, den Ort und die ganze Nachbarschaft mit seiner Kriegslust in Flammen zu setzen.

Ferdinand fühlte kein Verlangen, als Nachahmer trojanischer Helden zu gelten. Er lenkte ein.

„Hören Sie, Steinach, Sie haben sich von ihrem wunderlichen Temperament hinreißen lassen, gehen Sie zufrieden nach Hause, man wird Sie sonst Don Guichotte nennen, der — Windmühlen bekämpft.

Christoph runzelte die Stirne.

„Ich weiche keinen Fuß breit von hier, bis Sie Ihr Ehrenwort gegeben haben, die Gegend sofort zu verlassen, später wird vielleicht . . . . ."

Er schwieg und senkte den Kopf.

Ferdinand zauderte einige Sekunden lang, dann sagte er, um der unerquicklichen Situation ein Ende zu machen:

„Gut denn. Ich will Ihrem Wunsch willfahren."

III.

Mitternacht war vorüber, als Christoph nach einigem Kampf mit sich selbst die Thüre des Schlafzimmers öffnete.

Auf dem Stuhl neben ihrem Bette saß Mili. Ein kurzes weißes Röckchen bedeckte ihren schauernden Leib. Das schöne blonde Haar fiel zerzaust über ihre nackten Schultern. Sie hatte augenscheinlich schon mehrere Male den Versuch gemacht zu schlafen, und war wieder aufgestanden.

Bei seinem Eintritt richtete sie sich empor. Mit dem Scharfblick der Liebe errieth sie, woher er kam. Ein zärtliches Licht brach aus ihren Augen. Ohne ein Wort zu reden, faßte sie seine Hände und sah ihm ins Gesicht. O wie liebte sie ihn in diesem Augenblicke. Er kam von ihm. In seinen Haaren, seinen Kleidern glaubte sie den feinen Duft zu spüren, der Ferdinand umgab. Christophs ermüdetes Gehirn begriff im ersten Augenblicke nicht. Welch wunderliches Benehmen! Erst allmählig verstand er. Dann legte er seine braunen großen Hände auf ihre Schultern, und beugte sich liebevoll zu ihr herab.

„Mili, es kann noch alles gut werden."

Sie zuckte zusammen.

„Ich meine zwischen uns beiden. Du mußt nur Geduld mit Dir haben."

Er wollte ihre Stirne mit seinen Lippen berühren. Sie bog den Kopf zurück.

"Du hast Charakter," sagte er bitter lächelnd. "Aber weißt Du, es ist oft der höchste Beweis seiner Stärke, das von sich zu werfen, was man mit jenem Worte bezeichnet. Habe also keinen Charakter, oder mehr als Charakter, verwandle Dich in Die zurück, die Du warst."

Sie ließ sich wortlos auf ihren Stuhl niedersinken.

Er grübelte einen Augenblick, dann versetzte er: "es beruht viel bei Deiner Neigung auf Einbildung. Siehst Du, die wirkliche elementare Liebe ist ohne Scham und Erwägung. Hättest Du die für ihn, hätte er sie für Dich empfunden, so wärt ihr beide schon längst mit einander davon gerannt."

"Wir sind ja keine Tiere."

"Tiere! Das hat mit der Moral nichts zu thun. Das ist wie die Hochflut, die einher donnert und alle Grenzen und Marksteine wegschwemmt. Da packt der Mann das Weib und trägt es mit sich fort, und das Weib vergißt, ob es nackt oder bekleidet von seinen Armen davongeschleppt wird."

"Hast Du je solche Liebe für mich besessen?" fragte sie leise.

"Ich glaube, wenn Du mir nicht auf ebenem Wege entgegengekommen wärest — aber es kam ja nicht dazu . . ."

Sie schüttelte langsam den Kopf.

"Ich liebe nichts Gewaltsames . . . ."

„Du sollst auch vor allem Gewaltsamen behütet werden. Dein Leben soll wie ein Blumenleben sein. Ich will Dir meine ganze Seele geben, auch die Teile von ihr, die Du bisher nicht besaßest: die stillen Ecken und Winkeln, wo meine großen Freunde hausten und lebten. Ich will sie hinauswerfen, um Dir mehr Platz einzuräumen . . ."

Er war niedergekniet vor ihr, und umschlang sie.

„Du bist gut," hauchte sie.

„Sieh mich an, sieh mich an Mili. Nichtwahr, wir wollen wieder glücklich miteinander werden? Morgen geht er fort, und mit ihm hoffentlich alles Leid."

Sie zuckte zusammen, und bedeckte sich das Gesicht.

„Hast Du ihn denn gar so lieb? Was kann er Dir denn sein? Er ist ja noch ein Knabe."

„Sonnenschein," stammelte sie unter hervorstürzenden Thränen.

Christophs Brauen wulsteten sich zusammen. Aber er verblieb in seiner vorigen Stellung. Wenn er sie heute nicht zurückgewann, geschah es nimmer.

„Sonnenschein," sagst Du. „Also etwas Erwärmendes, Helles. Ich will mich bemühen —"

Sie lachte auf. Ein verächtliches Lachen.

„Warum hast Du," fragte er, die erwachenden Funken in seinen Augen zu ersticken suchend, „nicht früher erwogen, daß dieser „Sonnenschein" Dir so lebensnotwendig sei?"

„Ach, ich kenne — wir kennen uns ja erst so kurz. In Wien sahen wir uns einige Male. Aber

Du weißt, in welchem Lichte Mama und ich allen erschien. Bei Krantzingks galten wir für Abenteuererinnen. Er behandelte mich wie — ach. Hier traf er mich einmal als ich Einkäufe besorgte. In der ersten Überraschung redete er mich an. Ich sagte ihm, daß ich Deine Frau sei."

„Warum verschwiegst Du mir diese Begegnung?"

„Ich weiß nicht." Sie blickte sinnend vor sich. „Ich weiß eigentlich wirklich nicht warum. Oder doch? Es schien mir so süß zu sein, ein Geheimnis vor Dir zu besitzen. Es war mein erstes Geheimnis."

„Und — hast Du nicht bedacht, wie — vornehm Dein Sonnenschein handelte? Als Du ein hülfloses armes Mädchen warst, schämte er sich Deiner; der Frau eines andern Liebeserklärungen zu machen, erschien ihm weniger kompromittierend."

„Daran habe ich nie gedacht," sagte sie niedergeschlagen. „Es wäre ja auch nur natürlich . . ."

„Wie oft traft Ihr Euch?"

„Nach der ersten Unterredung vergingen Wochen. Dann begegnete er mir . . ."

„Warum stockst Du?"

„Manchmal während Du in der Schule warst."

„Aha. Und wie lange ist das Ganze her?"

„Etwa drei Monate."

„Wie? Baron Sonnenschein war doch schon vorigen Sommer hier, und mußte Dich gesehen haben."

„Christoph bitte, höhne nicht."

„Antworte lieber."

„Nein, er war nicht hier. Er hatte zu jener Zeit mit seinem Schwager eine mehrmonatliche Reise gemacht."

„Kind, Kind, siehst Du denn nicht die Gemeinheit —"
Sie sprang auf.

„Ich will nicht, daß Du ihn beschimpfst, ich will nicht. Und ich bitte Dich, ziehe Deine Stiefel aus, der Ledergeruch macht mich krank."

„An diesen Geruch wirst Du Dich gewöhnen müssen. Auf dem Lande trägt man keine Lackschuhe. Übrigens, es ist lieb von Dir, daß mitten in Dein tragisches Bekenntnis Dein Näschen seine Stimme mischt. Es zeigt, wie wenig Dein Herz von all' dem weiß, was Dir so ernst erscheint."

„Mir wird einiges an Dir von Tag zu Tag unausstehlicher."

„Wahrhaftig? Diese armen Stiefel!"

Er sah seine Füße mitleidig an.

„Aber trotz ihrer sollst Du mich doch lieb haben. Weißt Du was? Du bist ein kleines dummes Kind. Ich werde mir eine Rute anschaffen."

Er umschlang sie und hob sie empor. Und dann legte er sie sanft auf ihr Lager und beugte sich zärtlich wie eine Mutter auf sie herab Er bedeckte ihr Stirne und Augen und Mund mit Küssen, so daß sie kein Wort hervorbringen konnte.

„Du dummes Kind, es ist ja alles nicht wahr, alles nicht wahr; Du bist ja so ganz mein, nicht wahr? Sag ja, sag ja, sonst küß ich Dich noch viel mehr, küß Dich zu Tode, sag ja, sag ja!! . . ."

Und sie nickte: ja, damit er sie ließ.

„Siehst Du, so wie ich, kann Dich keiner lieb haben. So sanft und so wild. An meinem Herzen hast Du Dein Nest, niemand bot Dir an dem seinigen eins an, ich war der erste, nicht wahr? nicht wahr?"

„Du hast recht," flüsterte sie, wider Willen von ihm fortgerissen. „Ich weiß es."

„Nun siehst Du, und Du versprichst mir, alle Kindereien zu vergessen und mein starkes gescheutes Weib zu bleiben, meine Ehre, mein Sonnenschein. Mili, Mili, versprich es, jeder Blutstropfen in mir soll Dir dankbar sein."

„Ich verspreche alles was Du willst," hauchte sie in Thränen glühend.

„Und jetzt gute Nacht, und schlaf süß, rein, fest, wie ein Kind, das Du bist."

Sie erwiderte keinen Laut.

IV.

Der Mann ist immer jünger als seine Frau, auch wenn er ihr an Jahren überlegen ist.

Eines Tages entdeckte Christoph dieses offenkundige Geheimnis.

Er hatte blindlings geglaubt, was Mili ihm gelobt hatte und hätte darauf schwören mögen, daß die Erinnerung an Ferdinand erloschen in ihr sei. Der Baron hatte damals Wort gehalten, und war abgereist. Christoph bewegte sich in glücklicher Sorglosigkeit. Da zog sie einmal mit ihrem Taschentuch einen Brief heraus. Das Blatt fiel zu Boden. Christoph reichte es ihr ahnungslos. Erst ihr brennendes Erröten, ihre blitzschnelle Handbewegung danach machte ihn stutzig.

„Zeig," sagte er nach dem Papier deutend.

„Ein Liebesbrief," entgegnete sie Harmlosigkeit heuchelnd.

„Lies ihn doch vor."

„Ach Unsinn, wer wird so was auch noch vorlesen?"

Sie zerriß das Papier vor seinen Augen in Fetzen.

Seit diesem Tage war der Frieden in ihm wieder wankend geworden. Er beobachtete sie schärfer. Manchmal war sie ausgelassen heiter, manchmal gebrochen. Wenn sie in übermütiger Ausgelassenheit die Arme um seinen Hals warf, konnte er ein instinktives Wehgefühl nicht unterdrücken. Warum nur immer von einem

Extrem ins andere? So handeln Verliebte. — Das zerrißne Blatt, ihr auffallendes Benehmen....

Eines Tages übergab der Briefträger Christoph, als er ihm zufällig auf der Treppe entgegenkam, ein Schreiben für seine Frau. Aus Wien... Christoph erbrach es.

„Mein Lieb, meine Königin!"

Dann folgte eine Reihe von Vorwürfen, daß sie so selten schrieb. „Laß den schwarzen Lehrer nicht so sehr Deine Handlungen beeinflussen," hieß es weiter, „er begreift Dich ja doch nicht. Für ihn ist die Musik Deiner Seele eine unverständliche Melodie, Dein Gang, Dein Lächeln, der Perlmutterglanz Deiner Augen unerkannter Überfluß. Zeige ihm, daß Ihr beide nur durch den Unverstand eines Kindes, das Du vor zwei Jahren warst, zusammenkamt, daß Du, seitdem Du ein Weib geworden bist, die Kluft täglich mehr erkennst, die unüberbrückbar zwischen Euch gähnt." In so ähnlichen Sätzen gings weiter. Christoph trat, bleich im Gesichte, ins Wohnzimmer, und legte den Brief stumm auf das Tischchen, an dem seine Frau arbeitend saß. Sie warf einen erschreckten Blick auf das Blatt, dann einen vorwurfsvollen auf ihn.

„Das ist eine mir ganz neue Manier."

„Pst, pst, ruhig jetzt," sagte er mit einem Ausdruck im Gesichte, der sie erschrecken machte.

Sie wagte nicht das Blatt zu ergreifen, um es zu lesen.

Christoph schritt im Zimmer auf und nieder. In dieser Stunde erkannte er, daß er — jünger als seine Frau war.

Mili saß wie eine arme Sünderin an ihrem Tischchen. Sie wußte nicht was sie beginnen sollte. In all ihrer naiven Falschheit besaß sie noch einen Rest Ehrlichkeit gegen sich selbst. Sie verleugnete es sich nicht, daß sie niederträchtig an dem Manne da vor ihr handelte. Sie blickte ihm nach, wie er mit schweren, fast zusammenbrechenden Schritten auf und niederging, wie seine Brust sich krampfhaft hob und senkte.

Und plötzlich war sie aufgesprungen und schmiegte den Kopf an seine Schulter.

„Ist denn ein Brief etwas gar so schlechtes, Christoph?"

Er stieß sie von sich, ohne ein Wort zu erwidern.

„Ich hab Dir ja ehrlich alles bekannt, was ich fühlte, Du hältst mich aber immer für ein faselndes Kind, was soll ich thun?"

„Lies," sagte er, statt alles andern, auf den Brief deutend.

Sie nahm das Blatt zur Hand und las.

Sie erbleichte, und doch brach aus allen Zügen ihres Gesichts ein Schimmer hervor....

„Dirne," zischte Christoph dicht an sie herantretend. Wie Schnee von weißem Atlas glitt das Wort von ihr ab.

9*

„Das bricht so aus dem Innern heraus . . . . ohne daß man sich dabei was Böses denkt," murmelte sie vor sich hinstarrend. Und dann mit sanfter Stimme:

„Ich meine die Freude am Schönen, Goldnen, Lichten . . . . Wenn mir der süße Gesang eines Vogels entgegenschlägt, warum soll ich ihn nicht anhören, oder wenn mein Auge einer blühenden Blume begegnet, warum soll ich mich nicht an ihr erfreuen?"

„Wenn die Blume im Garten des Nachbars blüht, hat niemand nach ihr zu schielen."

„Ach, ich habe so gute Augen," sagte sie mit bezaubernd thörichtem Lächeln, „ich sehe alles Schöne um mich herum, der Zaun des Nachbars stört mich nicht."

„Dann reiß Dir die diebischen Augen aus dem Kopfe," versetzte er grimmig, „sie werden Dich zur Dirne machen."

„Kann man sich auch die Seele herausreißen? Die meine liebt Musik, Flügel, Licht . . ."

„Diese ästhetischen Bedürfnisse sind Dir erst aufgegangen, seit Du nicht mehr hungrig bist. Es ist so vornehm. . . . Erst lässest Du Dich heiraten, um der täglichen Sorgen ledig zu sein, dann, als Du soliden Grund unter Deinen Füßen fühlst, beginnst Du — Feste Deinen Freunden zu geben."

Sie erhob sich hastig.

„Christoph, weißt Du, das Beste wird doch sein, wenn ich — fortgehe. Dieses ewige Micherinnern an meine Armut —"

„Die einzige Waffe, mit der ich Dich zwinge..."

„Glaubst Du? Nun — es ist doch das Beste —" sie wollte, in Thränen ausbrechend, hinausstürmen. Er streckte den Arm nach ihr aus. Mitleid und Verachtung kämpften in seinem Gesichte.

„Wo willst Du denn hin? Du, die weder arbeiten, noch selbständig sein gelernt hat. Die Geliebte Deines Freundes werden, und Dich von ihm bezahlen lassen?"

„Du!"

Mit aufgehobener Hand stürzte sie auf ihn. Er faßte sie an den Armen und schüttelte sie.

„Du Lügnerin. Ich sollte Dich totschlagen, hinausrennen lassen, mich an Deinem Untergang weiden, aber ich habe vor Gottes Altar gelobt, Deine Unerfahrenheit zu schützen, Dich auf rechte Wege zu bringen. Um dieses Gelöbnisses willen, nicht um Deinetwillen, verstehst Du, vergebe ich Dir noch einmal."

„Ich habe nichts Böses gethan," stieß sie hervor.

„Wie, nichts Böses gethan?" Die Liebesbriefe, die Du hinter dem Rücken Deines Mannes wechseltest —"

„Ich liebe jenen —"

„Du lügst. Du liebst diesen, diesen hier," er ergriff ihre Hand und preßte sie krampfhaft an seine Brust, „diesen hier liebst Du, der andere lebt nur in Deiner Einbildung."

Sie warf sich ungestüm in den Sessel. Alles war vergebens. Er tötete sie durch seinen Glauben an ihre Liebe zu ihm. Selbst die schreiendsten Thatsachen machten ihn nicht irre. Er sah ihre Verzweiflung.

Es ist Reue, dachte er bei sich. Und aus der unerschöpflichen Brunnentiefe seiner Liebe fühlte er neue Quellen des Erbarmens, der Nachsicht mit ihr in sich aufsteigen. Sie handelte immer wie ein thörichter Backfisch. Eine raffinierte Frau hätte sich ihre Liebesbriefe auf andere Weise, als in die Wohnung ihres Gatten bestellt. Dabei aber war sie doch gewitzigter als er. Daß sie einander schreiben würden, darauf wäre sein schlichter Verstand nie verfallen.

Immer diese Unbekümmertheit! Dieser elegante Leichtsinn, der seinen Handschuh der Wirklichkeit ins Gesicht warf!

Christoph begann von neuem seinen Gang durchs Zimmer. Und plötzlich zerbrach der Zorn in ihm wie die Schale, die ein Licht umhüllt, und seine Liebe schlug hellflackernd hervor. Aber zugleich ergriff ihn unendliches Weh. Er blieb stehen, und drückte die Fäuste gegen das Gesicht. Ein konvulsivisches Zittern ging durch seine Gestalt. Mili beobachtete ihn. So hatte sie ihn noch nie gesehen. Ihre Augen füllten sich aufs neue mit Thränen. Armer Christoph, murmelte sie. Sie hätte ihm ein Grab graben, und dabei herzlich um ihn weinen mögen.

Und mit einem Male wandte er sich um, that einen Schritt und stürzte zu ihren Füßen nieder. Seine Stirne lag an ihrer Brust. Ein wildes Schluchzen zerriß ihn. Zum ersten Mal in ihrem Leben sah sie einen Mann weinen. Es schien ihr, als müsse ihr Gewand tropfen von den Thränen, die seinen Augen entströmten. Doch kein feuchter Fleck war auf demselben erkennbar. Da streifte ihr Finger leise prüfend über seine Augen. Sie waren trocken. Etwas in ihr erschrak. Dieser da war doch ganz anders als sie.

In diesem Augenblick hob er das verzerrte Antlitz zu ihr empor.

„Mili, so sei doch endlich ruhig. Laß mich nicht so leiden."

Der Ausdruck seines Gesichtes erschütterte sie. Sie schmiegte den blonden Kopf an den seinen.

„Ich möcht ja gern . . . aber —"

„Schreib ihm, daß Du ein rechtschaffnes Weib seiest und er Dich in Ruhe lassen soll."

„Ach!"

„Mili, denk wohin Charakterlosigkeit führt, denk Deines Bruders, Deiner Mutter, die im Elend endete, und vergiß auch nicht ganz meiner — ich bin ja nur ein Mensch, und Du lädst mir mehr auf die Schultern als ich ertragen kann."

Er umschlang sie. Sein heißer Mund preßte sich auf ihre kühlen Wangen.

„Aber Mili!"

Da erhob sie sich.

„Laß mich."

„Was willst Du thun?"

„Ihm schreiben."

Sie wankte an den Tisch, riß ein weißes Blatt aus der Schublade, und schrieb darauf: „Ich werde zwar daran sterben, aber ich will nichts mehr von Dir hören. Mili."

Sie steckte das Blatt in ein Kouvert und reichte es Christoph.

„Gieb es auf die Post."

Er erhob sich.

„Ich danke Dir, mein — Weib."

Sie sank erschöpft aufs Sofa. Er ging fort. In der Nacht erwachte sie in Thränen. Sobald der Morgen graute erhob sie sich von ihrem Lager und kleidete sich an.

„Wohin gehst Du?" fragte Christoph, bestürzt sich aufrichtend.

„In die Kirche," antwortete sie.

Ob das Beten half?

Vor dem Bildnis Marias, des starken Weibes, sank sie in die Knie. So weiter leben war Lüge, anders leben nannte er ein Verbrechen. Dieses „anders" leben war vielleicht gleichbedeutend mit einem Mord, denn wer bürgte dafür, daß er nicht, wenn sie ihn eines Tages verließ, sich ein Leid anthat?

Er redete immer von dem „einen". Das war hart, engherzig gesprochen. Wer vermag denn zu schwören, daß er übers Jahr ebenso denken, fühlen, empfinden wird, wie heute? Wer denn? Gemahnt es nicht, für die Beständigkeit einer Eigenschaft in sich bürgen wollen, an den Schuster, der Garantie für die Dauerhaftigkeit seiner Stiefel leistet? Ach wie schwerfällig ging doch manche Liebe einher!

Die Madonna sah mit feinem Lächeln um die Lippen auf die vor ihr Knieende. Mili nahm dies Lächeln zum ersten Mal wahr. Von da an wurden die beiden Frauen Freundinnen, und in manch einsamer Stunde stahl sich das junge Weib hinüber vor das Bild mit dem stillen verständnisvollen Zug um den Mund.

Eines Tages begegnete ihr Christoph, wie sie wieder das Kirchlein aufsuchen wollte.

„Schon wieder zu den Heiligen," sagte er scherzend, „Du wirst mir ja noch eine Betschwester. Kann Dir denn ein lebendiger, guter Mensch die vergoldeten Puppen nicht ersetzen?"

„S'ist so schön still drinnen," sagte sie ausweichend.

„Und Dich machts blaß," versetzte er, im vollen Tageslicht ihr eingesunkenes bleiches Gesichtchen betrachtend, „Du siehst schlecht aus, kleine Frau, weißt Du das?"

„So?" sagte sie gleichgültig, und dann tauchte der Gedanke verliebter Backfische und schwärmerischer Jünglinge in ihr auf.

Sterben. — — —

Ja, sterben, das wäre das Schönste. . . . Sie sah in der That krank aus. Das machten Gefühle, deren Bedeutung ihr vielleicht nicht recht zum Bewußtsein kamen.

Eine verzehrende Ungeduld, ein herzklopfendes Erwarten. . . . Und das Vorwärtsgehen mit den — zurückgerichteten Augen.

Wenn Christoph sagte: Gehen wir spazieren, nickte sie, und hing sich freundlich an seinen Arm. Wenn er sie küssen wollte, hielt sie ruhig ihren Mund dem seinen entgegen. Wenn er scherzte, lächelte sie.

Sterben, ja sterben. . . .

Sie war müde.

Seinen kummervoll auf sie gerichteten Augen setzte sie eine undurchdringliche Miene entgegen. Was begehrte er denn noch? Hatte sie nicht alles gethan, was er wünschte?

Es kamen die blauen, wolkenlosen Herbsttage, und sie begann zu frösteln. Er breitete gleichsam sein Herz unter ihr aus, damit ihre Füße erwärmt würden.

„Gehen wir noch einmal zum Wasserfall, ehe der Winter ihn gefrieren macht."

„Ja, gehen wir, wenn Du magst."

Sie gingen Arm in Arm durch die rotbraunen Wälder.

„O wenn doch die Vögel erst wieder sängen," sagte er gedrückt.

„Singen sie nicht?"

„Hörst Du denn welche?"

„Ich weiß nicht . . . mir kam es beinahe so vor."

„In Deinem Köpfchen ist eben immer Frühling."

„Frühling! — —"

Sie errötete leicht.

„Du, ich hör ihn schon."

„Wen denn?"

„Den Wasserfall."

Sie standen vor dem in Regenbogenfarben blitzenden Bach, der aus tiefbraunem Felsengeriffe herabstob. Das Gras zu ihren Füßen war gelb und feucht, die Bäume leblos.

„S'ist eigentlich recht traurig hier," sagte Christoph, „komm, laß uns weitergehen."

Langsam schritten sie fort.

„Du, ich hab Dich so lieb!"

Er war stehen geblieben und legte den Arm um sie. Seine Blicke suchten die ihren.

„Du bist gut," hauchte sie, noch bleicher werdend.

Er lachte bitter auf, und löste sich sanft von ihr los. Dann gingen sie wieder still nebeneinander hin.

„Ich bin ein Narr," murmelte er bei sich, „sie ist krank, und ich quäle sie mit meiner Zärtlichkeit. Ich muß ihr noch viel rücksichtsvoller begegnen."

Schließlich gewann er es über sich, sie nur zu küssen wenn sie schlief, ihre Hand kaum zu berühren, sie zu behandeln wie ein fremdes Königskind, das ihm die Gnade erwies, für eine Nacht unter seinem Dache zu rasten.

V.

Eines Nachmittags kehrte er später als sonst nach Hause. Er hatte nach der Schule mit den Kindern ein neues Lied einstudieren müssen, das Sonntags in der Kirche gesungen werden sollte.

Mili war nicht daheim. Sie sei ein bischen an die Luft gegangen, sagte die in der Küche beschäftigte Aufwärterin.

Er wartete ein wenig, las die Zeitung, zündete sich eine Zigarre um die andere an, sie kam noch immer nicht. Schließlich schritt er hinab. Vielleicht war sie in die Kirche gegangen. Auch dort fand er sie nicht.

Die Tage begannen schon bedeutend kürzer zu werden, es dunkelte. Bangigkeit ergriff ihn. Ob ihr etwas zugestoßen war? Aber es kannten sie ja alle in der Gegend. Ohne recht zu wissen, welche Richtung er einschlagen sollte, ging er mit zögernden Schritten auf der Landstraße weiter. Nach einiger Zeit fiel ihm ein, daß er ihr hier kaum begegnen würde, kannte er doch ihre Abneigung gegen die breite staubige Chaussee.

Er schlug einen Pfad ein, der durch ein Wäldchen auf die Höhe führte. Oft waren sie miteinander hier gewandelt. Das Wäldchen war bald durchschritten, dann kam eine weite Wiese, hinter der sich steil ansteigender Wald erhob.

Als Christoph auf die Lichtung hinaustrat, erblickte er in kurzer Entfernung vor sich zwei Gestalten. Er blieb stehen. Wenn er seine Flinte bei sich gehabt hätte! . . . Aber so, so blieb er stehen. Mili lag in Ferdinands Armen.

Ihr blondes Haar war aufgegangen. Sie mußten sich wohl sehr geküßt haben. Er hielt sie an seiner Brust und sah in ihr leuchtendes Antlitz herab.

Seine Augen glichen dem blauen Schwingenpaar eines Falters, der auf einer glühenden Rose ruht. Wortlos starrten die beiden Menschen einander an, sich gleichsam anregnen lassend von den rinnenden Funken ihrer Gefühle.

Christoph schlich an sie heran. Sein Gesicht war verzerrt.

Also doch! Nach all den Opfern, all den Bemühungen seiner unerschöpflichen Liebe, allen Vorstellungen, nach ihrem Versprechen, ihrer anscheinenden Ergebung, ihrer Besserung, doch wieder . . . . nun — — — da hilft doch nichts, nichts . . . . . .

Wo in einer Frauennatur die Dirne sitzt, bringt sie keine Liebe, nicht der Tod weg. Sie wird auf dem Sterbebette mit dem Priester liebäugeln, im Tod nichts weiter erblicken als einen Buhlen, der sie entführen will.

Mag sie denn laufen, die —

Mit wuchtigen Schritten, einen unbeugsamen Entschluß auf der Stirne, ging der Mann den Walbweg hinab nach der Landstraße. Er wird sie weder mißhandeln noch töten, wenn sie heimkommt. Er wird ihr einfach sagen: „nimm Dein Bündel und — geh, geh . . . ."

Und dann wird er die Faust zwischen die Zähne pressen. — — — — — — — — — — —

Gedruckt bei Fiebler & Kluge, Wittenberg — Berlin.